Characters
登場人物紹介
グリーズ
アルル
ニーナ

ヒメリ
有馬太一
シャルティ
ピノ
ルーク
クロロ
ノール

『なるほど、これはなかなかいいな！
やはり、オレのような
崇高なるフェンリルに
冷たい水など
似合わなかったのだ』
「気に入ってくれてよかったよ」

Menu

異世界もふもふカフェ 1

テイマー、もふもふフェンリルと出会う

ぷにちゃん

Punichan

1　助けた猫は神様でした

「うぐぐぐ、どうして俺は今日も終電なんだ!!」

しんと静まり返った社内で、太一《たいち》は腹の底からそう叫ぶ。

今やっているこの仕事を俺に押し付けてきた営業はとっくに帰ってしまい、残っているのは自分と……床で寝ている同期くらいだ。

(あいつ、しばらく起きてこないけど大丈夫かな……)

まあ、残業はいつものこと。

……だからといって、許されるべきものではないのだが。

「今日は絶対に定時で上がって、猫カフェに寄って帰るはずだったのにいいいぃぃぃ!」

叫びながらキーボードをダダダダダダッと打ち込み、その怒りを発散していく。もちろん、そんなことで発散できたら苦労はしないけれど。


ものすごい勢いでキーボードを叩《たた》く男、有馬《ありま》太一。

黒目黒髪の、ごく平凡な顔立ち。新卒で入社した会社に勤め続け、気づけばもう二八歳とおっさんに片足を突っ込んでいるサラリーマンだ。

あまりにも仕事が辛《つら》すぎるため、最近はどうにかして月一で定時に上がり、猫カフェに行きもふもふに癒《いや》しを求めている。最高です。

「うぅぅ、アンコ、ティー、マカロン、まっちゃ……会いに行ってあげられなくてごめん……俺は最低な男だ……」

猫たちの名前を呼びながら、キーボードを涙で濡《ぬ》らす。

そして、明日こそは猫カフェに行くんだと決意する。進捗《しんちょく》から考えると、この仕事は終電ダッシュで帰れる時間には終わらせることができるだろう。

疲れ果てて怪しい笑いが漏れ出ているが、太一は猫カフェのためにキーボードを打ち続けた。


それからしばらくして――

カチャカチャ、タン！　っと、軽やかでいて重苦しい音が室内に響いた。どうにかして、今日やるべき分の仕事を終えることができた。

「よっし、これで終了だ！　終電は――って、やばっ！　あと一〇分しかないじゃん！　俺、先に帰るからな!?」

「……ふぁーい」

床で寝ていた同期に声をかけて、太一は会社を飛び出した。

会社の外に出たころには、時計の針は一二時三〇分を指していた。あと六分で、いつもの終電がきてしまう。

「ひー、やばいやばい!!」

（このまま走ってても間に合わないから、近道だ！）

少し走ると、薄暗い公園が見える。

正直、酔っぱらいがいることが多いのであまり使いたくはないけれど……ここを通り抜けると地下鉄の駅までの近道なのだ。

（背に腹は代えられんっ！）

太一が公園を突っ切ろうとしたとき、ふと視界に一匹の白い猫が映った。

「うわ、可愛《かわい》い〜っ！　美人さん!!」

思わず足を止めて見惚《みと》れてしまいたいのだが、いかんせん今は終電ダッシュの最中だ。ここで時間を使ったら、電車には間に合わなくなってしまう。

「くっそー、せっかく運命的な出会いなのに……」

明日も同じ道を通ったら、今みたいに会えるだろうか。

そんなことを考えていたら、その猫がふいに車道側へと歩いて行ってしまった。少しふらついた足取りだったので、もしかしたら怪我《けが》をしているのかもしれない。

猫を、そしてもふもふを愛する太一だからこそ、条件反射だった。

自動車の行きかう車道に行ってしまった猫と、向かってくるトラック。このままだと、美人さんな猫が轢《ひ》かれてしまう。

「危ないっ!!」

そう叫んだ太一はとっさに猫を庇《かば》うように車道に飛び出して、その小さな体をぎゅっと抱きしめる。

それと同時に――耳に聞こえてきたブレーキ音と、体への大きな衝撃。

あ、これはやばいやつだ。

思ったと同時に、太一の意識は薄れていった。


「ん……?」

ふいに意識が浮上して、太一は何度か瞬《まばた》きを繰り返す。眩《まぶ》しくて目を細め、しかし現状を確認するため前を見て――目を見開く。

「え?　……どこだここ。病院でもない、というか、こたつ?」

そう、太一が寝ていたところはぬくぬくと暖かいこたつの中だった。四畳半程度の狭い和室で、壁には達筆な文字の掛け軸がかかっている。

確かトラックに轢かれそうになった猫を助けようとして、自分が轢かれてしまったはずだ。

(どうなってるんだ?)

意味のわからない状況に混乱していると、こたつの中から『にゃーん』と猫の声がした。

「え？」

こたつをめくってみると、そこには先ほど助けた白い猫がいて、気持ちよさそうにぬくぬくしていた。

「無事だったのか……よかった」

ほっとしたのはいいものの、太一は状況が呑《の》み込めない。すると、白い猫が『起きたのかい？にゃん』と声をかけてきた。

太一にもわかる、日本語で。

「ふぁっ!?」

『いやぁ、助けてもらって感謝しているよ。ありがとう。にゃー』

なんとものんびりした口調で、猫がそう言った。

「…………」

『にゃー』

「いやいやいやいやいや、待ってください。どういう状況？　って、頭に輪っかと、翼？」

先ほど見たときは、そんなものは生えていなかったはずだ。それも可愛いがと思い、太一がむむっと見ていると、白い猫は不敵な笑みを浮かべる。

『猫の神様ですから。にゃー』

「えっ、神様!?」

自らを神と名乗った、純白の白猫。

頭に丸い天使の輪っかと、背中にはちょこんと小さな可愛らしい白色の翼。体はキラキラと輝いていて、美しさと神々しさを併せ持っている。

しかしぬくぬくとこたつで暖まっている姿は、もふもふしたくなってしまうけれど……。

『そうだよ、神様。いやあ、先ほどは危ないところを助けていただきありがとう。にゃ。君は死んじゃったけど……』

「………」

さらりと言った白い猫の言葉に、太一は言葉を失う。だってまさか、目の前にいるのが猫の神様？　いやいや、というかそれより――

「俺、死んだんですか？」

もしかしたら、とは思っていた。しかし実際に口にすると、なんとも言えない気持ちになる。

『そうですよ。にゃー』

「軽い……」

『ははは。にゃ。……君は、猫が大好きだったみたいですね。猫たちから、君の話を聞いたことがありますから』

「え」

まさか猫が自分のことを猫の神様に話してくれていたとは！　と、太一に衝撃が走る。自分の猫愛が猫の頂点に、いや……世界の頂点に届いたのか、と。

『いつもおやつのニャールをくれると喜んでいましたよ。にゃー』

「あ、はい……」

ニャールとは、猫カフェで販売している猫たちのおやつのことだ。

『そんな優しい君が、私を助けて命を落としてしまうのは忍びない。だから、新しい世界へ行きませんか？　にゃー』

「新しい世界？」

『そうです。にゃ』


猫の神様が言うには、地球で生き返らせることは不可能だが、別の――異世界でなら生き返ることができるのだという。

そこは科学文明の発達した地球とは違い、魔法が発達したいわゆるファンタジーな世界。それぞれ適性に合った職業を持っていて、スキルを覚えることができる。

今の社畜生活とは、まったく違った人生になるだろう。

確かに、男の太一からしてみれば夢のある世界なのかもしれない。

「でも、言いたくないですけど……俺は体力もないし、そんな世界に行っても生き延びられる自信がないです」

自慢じゃないが、腕立て伏せを一〇回するのだって無理だ。

街中で普通の仕事をして生活する分には問題ないが、魔物がいるのなら怖くて街から出られなくなってしまう。

せめてあと一〇歳ほど若かったら違ったかもしれないが……。

太一がそう言うと、神様が『にゃー』と笑う。

『そのまま異世界へ放り込むような意地悪はしません。にゃ。向こうの世界で生きていける力などは、ちゃんと授けますよ。にゃーん』

猫の神様の言葉に、太一の顔がぱっと明るくなる。

「それはありがたいです！　なら、お願いしたいです」

すぐに太一が返事をすると、神様は嬉《うれ》しそうに頷《うなず》いた。

正直なところ……太一はまた社畜に戻るのはうんざりだった。どうせ彼女もいない独り暮らしで、両親ともにすでに他界している。

一つ気がかりなことがあるとすれば、残してきてしまった同期だろうか。一緒にやっていた案件が彼にのしかかるかと思うと、震えてくる。

（すまん……強く、生きてくれ…………）

太一が同期への祈りを捧《ささ》げると、神様が『さて。にゃ』と続けた。

『向こうの世界では、どうやって生きたいですか？　冒険者になり剣や魔法を使って魔物を倒したいですか？　もちろん、それ以外に希望があればどうぞ。にゃ』

「俺のやりたいこと、ですか……」

神様の言葉に、太一は悩む。

正直、今から冒険者として体を張って生きていくのは辛い。なので、戦う系統の職業に就くというのは却下だ。

それから絶対に駄目なのは、ブラックな勤め先だ。

これだけは譲れない。

再びブラック勤めになるなら、生き返らないほうがましだ。かといって一日ぐうたらしていたら、人間として終わってしまう気がする。

(第二の人生になるなら……好きなことをして過ごしたい、かなぁ)

そうなってくると、太一の選択肢は絞られてくる。

(……あ！)


「異世界で猫カフェを開きたいです！」


これなら、毎日が癒し空間だ！

しかも自分の店なら営業時間だって好きに決められるから、ブラックと化すこともない。なんて名案なんだろうと、太一は思わずにやけてしまう。

問題は猫の神様の反応。

『そこまで私たちの種族を愛してくれているんですね……ありがとうございます。にゃーん』

もしかしたら、猫カフェなんてけしからん！　と、怒られてしまう可能性も考えたが、大丈夫だったようだ。

太一はほっとして、猫の神様を見る。

『ただ、向こうの世界にいる動物などの生命体を直接与えることはできないんですよ。私にできることは、今ここで、与えられる能力や物を贈る……ということです。にゃ』

「あ、なるほど……」

確かに、猫をくれ……というのもなかなか難しい話だったかもしれない。

となると、異世界に行ってから自力で猫を手に入れる必要がある。ペットショップがあるなら購入すればいいのだが、どういう仕組みになっているのだろう。

その答えは、猫の神様が教えてくれた。

『ですので、『テイマー』になるのはいかがですか？　にゃ』

「テイマーって……ゲームとかで、魔物を仲間にして使役するあのテイマーですか？」

『そうです。対象が魔物という条件はついてしまいますが、テイマーになれば猫に似た魔物を仲間にすることもできますよ。ほかにも、猫に似た可愛いもふもふの魔物もいますから。にゃん』

猫の神様の言葉に、太一は息を呑む。

（もふもふを仲間にできるなんて……最高だ！）

「ぜひそれでお願いします!!」

『わかりました。では、テイマーが覚えることのできるスキルをすべて授けておきますね。【ステータスオープン】と唱えると、自分のスキルを見れますよ。にゃ』

「ありがとうございます！」

『それから……これをどうぞ。にゃ』

猫の神様がこたつの中から猫のマークがついている鞄《かばん》を引っ張り出して、太一へ渡してくれた。

革製の鞄で、腰のベルトにつけられる作りになっている。

どうやら、餞別《せんべつ》のようだ。

「ありがとうございます。中は……って、なんですかこれ!?」

鞄を開けてみると、異空間のようになっていた。底が見えないし、何が入っているのかもさっぱりわからない。

（ブラックホールか……？）

太一が思わずぞっとすると、『にゃにゃにゃっ』と猫の神様が笑った。

『それは魔法の鞄です』

「まほうの……それって、もしかしてゲームみたいに物がたくさん入る鞄ってことですか？」

『はい。無限に物が入りますし、鞄の中は時が止まっているので有効活用してください。食料やお金など、必要だと思ったものをすでに入れておきました。にゃー』

（異世界ってすごいな……便利だ）

すると、太一の目の前に突然ホログラムプレートが現れた。

「おわっ」

『そこに、中に入っているものが書かれていますよ。にゃ』

「あ、なるほど……」

驚いてしまったが、確かに中に入っているものがわからなければどうしようもない。普通に鞄の中を見ても、何が入っているかわからないから……。

(入ってるのは、干し肉に、水に、黒パン……非常食?)

「あの」

『はい? にゃ』

「向こうの世界の食生活って、どうなっていますか?」

『味はこっちとそんなに変わらない感じですね。魔物を食材として使うこともあります。ただ、バリエーションはこちらの世界ほど多くはありませんね。にゃん』

太一の質問に答えた後、猫の神様は『にゃにゃ〜ん』と悩む。

決して不味《まず》いわけではないのだが、自分を助けてくれた太一に食で苦労させるのは嫌だと考えているようだ。

日本の食は安いうえに味がいいので、猫の間でも人気なのだ。日本と異世界を比べてみると、やはり少しだけ不自由をさせてしまうかもしれない。

神様はしばらく考えたあと、ぴんと耳を立てた。

『いい固有スキルがあるから、それもつけておきますね。にゃ!』

これがあればきっと苦労しないだろうと、神様が言う。

「ありがとうございます！」

『これくらいお安いご用ですよ。にゃ。……では、そろそろ向こうの世界へ送りましょうか。助けていただきまして、本当にありがとうございました。にゃー』

「いいえ、神様が無事でよかったです」

猫の神様の言葉に笑顔で返事をすると、太一はゆっくりと意識を失った。


風が髪を撫《な》で、何か柔らかいものが頬《ほお》に触れる。まだ寝ていたいという気持ちを抑えながら、太一は何度か瞬きをして目を開ける。

納期が目前だから、早く仕事を片付けなければ――と。

「……んんっ？」

しかし目を開けるとどうだろうか、そこはただただ広い森の中だった。

(あ、そうだ……猫の神様に出会ったんだった)

自分は死に、異世界に来たのだということを思い出す。

「ということは、ここがファンタジーな異世界か……」

どうせなら森の中ではなく街に送ってほしかったけれど、いろいろと気遣ってもらったのでこれ以上望むのはやめておこう。

文句を言ってもどうにもならないことなんて、仕事を押し付けてくる営業との戦いで嫌というほど知っている。

それに、もしかしたら森の中に猫のようなもふもふの魔物がいるかもしれない。そう考えると、別にこの場所も悪くない。

「さてと、まずは現状確認だ。猫の神様の話だと、この世界は魔法を使えて、俺はテイマーにしてもらえるっていう話だったかな」

そして使えるスキルなどは、いわゆるステータス画面で確認することが可能だとも言っていた。スキル名を口に出すのは、正直いって恥ずかしいが。

「ま、自分の能力は把握しておかないといけないからな。【ステータスオープン】！」

太一が言った瞬間、目の前に自分の状態が書かれたホログラムプレートが現れた。魔法の鞄といい、どうにも不思議な感じだ。


「うおっ!?　え？　あ？　待って、スキルってこんなにいっぱいあるもんなのか？」

予想よりズラ〜っと並んだスキルに戸惑いつつも、自分の職業のところを見て首を傾《かし》げる。猫の神様が言ってたものと、何か違う。

「なんだ？　この、『もふもふに愛されし者』って……。俺の職業はテイマーにしてくれるって言

氏名・年齢

タイチ・アリマ / 28歳

職業

もふもふに愛されし者

固有スキル

【異世界言語】	Lv∞	異世界で会話・文字の読み書きを行うことができる。
【慧眼】	Lv∞	すべてを見通すことができる。
【もふもふの目】	Lv∞	もふもふの魔物・動物と視界を共有できる。
【創造(物理)】	Lv∞	無機物であればなんでも作れる。
【お買い物】	Lv∞	猫の神様に日本でお買い物をして来てもらえる。

職業スキル

【テイミング】	Lv∞	魔物をテイミングすることができる。
【会話】	Lv∞	テイミングした魔物と会話をすることができる。
【調教】	Lv∞	仲間の魔物が命令を聞いてくれる。
【索敵:魔物】	Lv∞	魔物の居場所がわかる。
【やっちまえ!】	Lv∞	仲間の攻撃力が上がる。
【慎重にいこう!】	Lv∞	仲間の防御力が上がる。
【絶対勝てる!】	Lv∞	仲間の魔法攻撃力が上がる。
【ヒーリング】	Lv∞	テイミングされた魔物を回復する。
【キュアリング】	Lv∞	テイミングされた魔物の状態異常を回復する。
【ご飯調理】	Lv∞	魔物の食事を作ることができる。
【おやつ調理】	Lv∞	魔物のおやつを作ることができる。

ってたはずだけど……」

何か不手際でもあって間違えてしまったんだろうか？

けれど、職業スキルを見る限りではテイマーに見える。魔物をテイムし、従えることができるし、支援するためのスキルも揃《そろ》っているようだ。

「あ、固有スキルに異世界言語がある！　そうか、ここで日本語が通じるわけないもんな」

これはきちんと配慮してくれた猫の神様に感謝だ。

「しかも、全部のレベルが無限ってどういうこと……」

これじゃあ無敵だろうと、太一は苦笑する。

今ここにドラゴンが現れたとしても、簡単にテイムできてしまいそうだ。テイミングのレベルが無限で、テイムできない魔物なんているのだろうか？

（なんて、これじゃあフラグみた――）

太一がそう考えた瞬間、背後の木がガサリと大きな音を立てた。

（はい？）

まさかそんな、異世界に来てすぐお約束のようなことをやらかしてしまうなんて。そう思うが、別にまだドラゴンが出たと決まったわけではない。

それに、ドラゴンはとても珍しくて、なかなか出会えないなんていうのはよく聞く設定だ。……ドラゴンばっかり出てくるゲームもあるが、それは今考えてはいけない。

嫌な汗を背中に感じつつ振り返ってみると、そこには赤い鱗《うろこ》を光らせたドラゴンがいた。

「――っ！」

ひゅっと、息を呑む。

相手の体長は五メートルほどで、はたしてドラゴンと考えたときに大きいのかと言われるとわからない。もしかしたら、小竜なのかもしれない。

けど、そんなことは問題じゃなくて。

（に、にに、に、逃げないと……っ!!）

しかし、太一の体はすくんで思うように動かない。

ドラゴンから見たら、ちょうどいい餌のように見えているかもしれない。太一がそんな恐怖に襲われていると、ドラゴンが口を大きく開けて火を吐いた。

『ギャルルッ』

それは、ゴウッ！っと大きな音を立て、太一の真横を過ぎて後ろの木々を爆発させるように倒す。

「ひぇ……っ」

（逃げな――いや、ドラゴンも魔物だから、テイムすればいい……のか？）

いい作戦かもしれない。

――が、ドラゴンをテイムしてどうすればいい？　と、頭の中が混乱する。

だって、こんな大きな魔物を連れていたらきっと目立つだろうし、猫カフェではなくドラゴンカフェになってしまう。

それは決して、太一の望むものではない。

しかし次の瞬間、白い何かが太一の前に飛び出してきた。

「な……っ!?」

なんだと声をあげるよりも早く、その白い何かはドラゴンの首元に噛《か》みついた。

それは金色がかった白い毛の、犬のような魔物だった。

ふわふわと柔らかそうな毛並みだが、その瞳は睨《にら》まれたら動けなくなってしまいそうなくらい鋭い。体高だって、二メートルはあるだろう。

『ワウッ!』

白金色の犬は、次に尖《とが》った爪で攻撃すると――あっという間にドラゴンを倒してしまった。

「……はっ」

太一が思わずほっと胸を撫でおろすと、白金色の魔物が今度はこちらに向かって駆けてくる。次の獲物は自分か、そう判断した太一は気づいたら叫んでいた。

「――っ、【テイミング】!!」

閑話　定時に上がって猫カフェへ

うっかりブラック企業に就職してしまった男、有馬太一《ありまたいち》。

エナジードリンクが心の友で、最近では利き酒ならぬ利きエナジードリンクができるようになってしまった。

まあ、そんな生活をしている太一にも、楽しみがある。――というか、それがなければ仕事なんてやっていけなかっただろう。

その日だけは定時に上がれるように、前日までは残業残業また残業の日々。どうにか仕事を倒し、上司がトイレへ行った隙《すき》に会社を出る。

これで晴れて自由の身だ。

……携帯の電源を落とせるほどの勇気はないけれど。

「こんにちはー！」

「いらっしゃいませ。あら、有馬さん。いつも通り、閉店コースですか？」

「もちろんです!!」

すっかり仲良くなっていた店員の言葉へ食い気味に返事をし、太一は荷物と靴をロッカーに預ける。

注文するのは、疲れた体に優しいココアとニャール。


二重扉をくぐり店内へ入ると、そこは太一の楽園。

十五畳ほどの空間にいるのは、猫、猫、猫だ。

けれど、太一が来たからといって寄ってきてくれるわけではない。すました顔をして室内を歩いていたり、ソファの上や窓辺で寝ている子がほとんど。


本当は嬉《うれ》しそうに駆け寄ってきてくれたら最高なのだが、月一でしか通っていない太一では無理だろう。通い詰めて、常連にならなければ……。

（もっと残業が少ないとこに転職しようかな……）

と、最近は切実に考えるようになった。

「でも今は、癒《いや》しの猫タイムを堪能しよう」

猫用おやつのニャールはすでに購入済みだが、すぐにあげることはしない。まずはソファに座ってココアを飲み、猫を見ながらリラックスタイムだ。

時折、近くを猫が通るので、もしかして自分のところに来てくれ――ない！　という、お約束を何度も繰り返す。

その次は、お店が用意してくれているねこじゃらしやボールなどのおもちゃを使って猫と遊ぶ。

（でも、これがなかなか難しいんだよな……）

ねこじゃらしも猫が満足するように動かしてあげないと、見向きもしてもらえない。

最初のころは、太一の下手なねこじゃらし捌《さば》きを憐《あわ》れに思ったのか……店員さんが頑張って教えてくれた。

そのため、今ではねこじゃらしを操って猫様と遊ぶことができるようになった。

（でも、俺のねこじゃらしで遊んでくれるのは元気で懐《なつ》っこい子だけなんだよな）

ボスクラスの猫にはまだ、見向きもしてもらえない。

（精進しよう……）

「ほらほら、ねこじゃらしだよ～」

『…………』

太一のねこじゃらしにぴくりと反応してくれたのは、マンチカンのメス猫のマカロンだ。足が短くて、薄茶色の毛が愛くるしい。

ここの猫カフェは、ほかにもアンコ、まっちゃなど、美味《おい》しそうな名前の子が多い。

ソファの陰にねこじゃらしを隠しつつ、一瞬だけマカロンの前へ出す。そしてすぐにソファの陰へ高速移動。

これを繰り返すと、猫が少しずつ興味を持ち始めねこじゃらしに飛びついてきてくれる。

マカロンはねこじゃらしの動きが気になるようで、うずうずしている。動くねこじゃらしに合わせて、その大きな目が左右に動く。

（ふふ、あと一歩で飛びかかってくるぞ……！）

この瞬間のために、日頃キーボードを叩《たた》きすぎて酷使した手首でねこじゃらしを振っているのだから！

「マカロンの大好きなねこじゃらしだぞ～」

『……にゃうっ！』

「ひょいっ！」

我慢できなくなったマカロンがねこじゃらしに飛びついてきて、太一はさらに大きく動かしてみせる。マカロンも、それに飛びかかるように大きくジャンプをした。

「可愛《かわい》い……っ！」

『みゃっ！』

前足を動かし、マカロンは必死にねこじゃらしを捕まえようとしてくる。その際に揺れるお尻と尻尾が、たまらないわけでして。

（はあぁぁぁ、仕事の疲れが癒される……）

その油断からか、太一の動かしていたねこじゃらしがマカロンに奪われてしまった。

「ああっ！」

『にゃ』

その表情を見ると、まるで『未熟者だな』とでも言われているようだ。

しかしとたんに興味をなくしたらしいマカロンは、ねこじゃらしを置いてキャットタワーへと行ってしまった。

これではどちらが遊んでもらっているのか……いや、遊んでもらっているのは太一だった。

とはいえ、キャットタワーに上っている猫はとても映える。ということで、スマホでマカロンを撮影しておく。

「マカロン、撮るぞ～」

カシャシャシャシャシャシャと連射をし、最高の一瞬を逃さないようにする。

(おおぉ、めちゃくちゃいいアングルいただいた!!)

ハアハア息が荒くなってしまったとしても仕方のない愛らしさだ。

「よーし、いいぞ、可愛いぞ!」

『にゃう』

ひとしきり写真を撮ったあとは、入店時に購入しておいたおやつのニャールの出番。

ここの猫たちはみんなこのおやつが大好きで、見せただけでそわそわしながら近寄ってきてくれるという魔法のアイテムなのだ。

隠しておいたニャールを太一が取り出すと、周囲の猫たちがざわめき立つ。『あいつ、ニャールを持ってるぞ』『奪いに行くか?』『やろう』などと、会話の妄想がはかどる。

(ふふ、気になってるな……)

かわゆい奴めと、太一はニャールを一番に近寄ってきた黒猫のアンコへし差し出す。どの子にもあげたくはあるのだが、ニャールはそんなに大きくない。

そのため、いつも来てくれた順に食べさせてあげることにしているのだ。

本当はお気に入りの猫がいればいいのだが、月一でしか通えていないので、まだどの子が一番のお気に入りかは太一の中で決まっていない。

（よく遊んでくれるし、マカロンも好きなんだけどな～）

なんとも悩ましい問題だ。

『にゃにゃっ！』

「おお、アンコ。美味しいか～？」

アンコが美味しそうにニャールを食べて、尻尾を揺らしている。しかし、それを傍観できるほどほかの猫たちは大人しくない。

自分も食べるんだとばかりに、アンコを押しのけてニャールをペロペロ舐《な》める。きっとこれが、太一最大のモテ期だろう。

マカロンもキャットタワーから下りて、太一のもとへ来てくれている。

『にゃうにゃうっ！』

自分にもニャールをよこせと、肉球を腕に押し付けて主張をしてくる。こんなの、頷《うなず》くなというほうが無理というもので。

「はあ～、今日も幸せです……」

こうして、太一の癒しの時間は猫カフェの閉店まで続いた。

2 初めてのもふもふテイム

猫カフェに通うことだけが唯一の癒《いや》しだった社畜は、異世界でテイマーになって平和にもふもふカフェを経営することを夢見ていた――。

しかし現実はどうだろうか。

うっかり、白金色の……二メートルはあるであろう犬のもふもふにテイミングスキルを使ってしまった。

『ワウッ!?』

太一《たいち》がテイミングのスキルを使った瞬間、白金色の犬がパチパチするような光に包まれた。きっと、テイミングに成功したという合図なのだろう。

猫の神様が授けてくれたテイマーのスキル、【テイミング】。

魔物に対して使うと、自分の従魔にすることができる。成功率は、スキルレベルに比例する。

「……っ」

(はずみでスキルを使っちゃったけど、大丈夫……なのか?)

自分の前に立つ白金色の犬を見て、ごくりと唾を飲む。

（そういえば、スキルの中に【会話】っていうのがあったはずだ）
きっと言葉が通じるのだろう。
おそるおそる白金色の犬に声をかけると、ぎろりと睨《にら》まれてしまった。
「あ、あの……」
（ひぇっ！　もふもふだけど、さすがに怖いぞ!?）
『お前、勝手にテイムするなんて……!!』
「え、あっ、ごめんなさい……」
『孤高のフェンリルであるオレがテイマーに従えられるなんて、最悪だ！』
（あー！　やばい、めちゃくちゃ怒ってる!!）
そして絶対に自分は嫌われている。
（でも、会話ができてよかった）

猫の神様が授けてくれたテイマーのスキル、【会話】。
テイミングした魔物と会話をすることができる。

そのことに太一がほっとするも、白金色の犬――もといフェンリルは、喋《しゃべ》り続ける。
『せっかく美味《うま》そうなドラゴンを倒したというのに、お前のせいで気分は最悪だ。しかも人間の主人？　笑わせる！』

「あ、あはは……」

いつ攻撃されてもおかしくなさそうな状況に、太一は冷や汗をかく。

テイミングはしてしまったが、特に相手を縛ろうとは思っていない。このまま別れる――という
のは、どうだろうか？　駄目だろうか？

そんなことを考えていたのだが、ふと……気づいてしまった。

（え、ちょ、待って!?　フェンリルの尻尾がめっちゃ揺れてるけど!?　もふもふだけど!?）

口ではつんけんしたことを言っているが、よくよく動作を見ると嬉《うれ》しそうだということが読み取
れる。

もしかして嬉しいのだろうかと、太一は首を傾《かし》げる。

そして思い出すのは、自分の職業名だ。

（もふもふに愛されし者……だからか？）

悪態をつかれてはいるが、自分のことを好意的に見てもらえているのかもしれない。

そう考えると、テイマーじゃなくない？　なんて思ってすみません、最高の職業ですと猫の神様
に祈りを捧《ささ》げたくなる。いや、捧げよう。

「猫の神様、この出会いに感謝いたします……」

このまま一人で森にいたら命の危機なので、仲間がいるのはとても心強い。

「えーっと、もしよければ仲間になってもらえませんか？　テイムした後に言う台詞《せりふ》じゃないかも
しれないけど」

『なに!?　お前ごときが孤高の戦士のオレを仲間にしようというのか!?』

「は、はいっ」

フェンリルは否定の言葉を口にするが、やっぱりそのもふもふ尻尾は嬉しそうに揺れている。ツンデレさんなのだろうか。

(どうしたら仲間になってくれるかな……)

『……しかしまあ、お前はとても弱そうだからな。オレが一緒にいてやったほうがいいだろう。じゃないと、すぐ魔物に殺されるのがオチだ』

どう説得するか考えようとしていた矢先に、フェンリルはふんと鼻を鳴らし、仲間になることをあっさり同意してくれた。

(おおおおお、やった！)

「じゃあ、よろしく。俺は……タイチ・アリマだ」

『タイチか。それじゃあ、オレに名前をつけろ』

「え？」

太一がどういうことだと問い返すと、そんなことも知らないのかとフェンリルにため息をつかれてしまった。

『基本的に、魔物には名前がない。あって呼び名くらいだ。だから、テイマーはテイムした際、魔物に名前をつける。常識だ』

フェンリルの言葉に、なるほどと太一は頷《うなず》く。

猫の神様にテイマーにしてもらったはいいが、自分の職業のことを詳しく知らなかった。

(街に行ったら、いろいろ調べないといけなさそうだ)

「教えてくれてありがとう。まだ駆け出しのテイマーで、君が俺の仲間一人目なんだ」

あははと笑いながら言うと、今度はフェンリルが太一のことをいぶかしむように見た。その視線は、まるで太一を品定めするかのようだ。

『なに？　てっきり熟練者だと思ったが……まあいい。早く名前をつけろ！』

「わかった、わかったよ」

フェンリルに急《せ》かされて、さてどうしようかと悩む。今までペットを飼った経験がないので、名前をつけるということをしたことがないのだ。

(こんなに立派なもふもふなんだ、安易な名前はつけられないぞ)

それに、孤高の戦士と自分で言ってしまうような相手だ……格好いい名前でなければすねてしまうだろうと確信が持てる。

うううぅ〜んと悩み、閃《ひらめ》く。


「【ルーク】」


太一が名前を告げると、フェンリルに光が降り注いだ。

「えっと、ルークっていう言葉には、光とか、そういう意味が含まれてるんだ。すごく綺麗《きれい》に輝いてる毛並みだから……どうかな？」

安易だろうと言われたらそれまでだが、太一も一生懸命考えた。凛々《りり》しいフェンリルには、ぴったりだと思う。

太一の言葉を聞き、フェンリルは首を後ろに向けて自分の尻尾を見つめた。ふりふり振って、その毛並みを確認しているようだ。

（なにそれ、めっちゃ可愛《かわい》いんですけど!?）

猫じゃなくても、もふもふ大好きー！　と、叫びたい。

『ルーク、ルークか……ふむ、なかなかいいじゃないか！　オレのような格好いいフェンリルにピッタリだな！』

どうやら気に入ってくれたようだ。

「よろしくな、ルーク」

太一がそう言ってルークの前足に触れると、柔らかなもふもふに手が包まれた。まるで天使の羽にくるまれているような感触に、思わず震えてしまう。

（今までたくさんの猫をもふもふしてきたけど……）

ここまで最高のもふもふは、初めてかもしれない。

そのまま優しく前足を撫《な》でると、ルークは嬉しそうに尻尾を振る。どうやら、撫でられるのが好きらしい。太一はもふもふするのが好きなので、最高のパートナーだ。

もふもふを堪能するために撫で続けていると、ルークがハッと目を見開く。

『お、おい！　いつまでさわってるんだ!!　オレは高貴なる伝説の魔物フェンリルだぞ！　人間がそう簡単に触れていい存在ではないというに!!』

「…………」

気持ちよさそうだったくせに。なんて言ったら。怒りそうだなぁと太一は苦笑する。

どうやらルークは孤高の戦士でいたいがために、太一との馴《な》れ合い、もといスキンシップをよしとしないようだ。

（確かにスキンシップをしたら孤高の戦士ではなくなる……）

難儀な性格のフェンリルもいたもんだ。


——さて。

ルークが仲間になったので、太一はもうこの森とおさらばしたいと考えていた。ドラゴンがいる場所になんて、いたくはない。

ということで、目指すは街だ。

「なあ、ルーク。街に行きたいんだけど、道は知ってるか？」

『街？　もちろん知っているぞ。というか、知らないのか……？』

そういえばテイミングのこともよくわかっていなかったな、とルークにジト目で見られてしまう。

（仕方ないだろ、俺はこの世界に来たばっかりなんだから……）

自分が猫の神様によって転移させてもらったことを言うべきかどうか、悩む。しかしそもそも、異世界から来たと言って信じてもらえるのだろうか。

(でも、ルークはこの世界で初めてできた仲間……だもんな。よし！)

「ルーク、話があるんだ……！」

『な、なんだ？』

「信じられないかもしれないけど、俺のことを話すよ。びっくりするかもしれないけど」

太一は前のめりになりつつ、ルークに今までのことを打ち明けた。もちろん、もふもふカフェを経営したいということも。


『……なるほど、この世界の人間じゃないのか。確かに、そう言われるとしっくりくるな』

「え、そうなの？」

ルークはいともあっさりと、太一の言葉を信じてくれた。

というよりは、それなら太一が街の場所を知らなかったり、本当は強いはずなのに自分のことを駆け出しのテイマーなどと言ったりする理由がわかったというところだろうか。

『ここはめったに人が立ち入らない深い深い森の中だ。入るためには、結界も越えないといけない。それなのに、お前は軽装すぎる』

「あー……」

ルークの言葉を聞き、太一はなるほどなと頷いた。

自分の服装を改めて見ると、死んだときと同じ安物のスーツのままだ。防御力なんて皆無だし、なんなら転んだはずみに破けるかもしれない。

（ここはやばい森の中なのか）

それならば、やはり可能な限り早く街へ行きたい。

そして同時に、もう一つ問題があることに気づく。それは、ルークがでかすぎるということだ。

二メートルほどあるけど、街に入れてもらえるだろうか？

（というか、魔物は街に入れるのか？　いや、テイマーなんていう魔物を従える職業があるくらいだから、その点は大丈夫か？）

「ルーク、そのままの大きさだと街に入れないかもしれないんだけど……どうにかならないか？」

『ん？　これでいいか？』

「おおっ！」

すると、ルークの体がみるみるうちに小さくなり、一メートルほどの大きさになってしまった。

これなら大型犬と呼べるサイズだし、街に入るのも問題はないだろう。

「よし、じゃあ街に――」

『待て』

「ん？」

早く早くと太一が急かそうとすると、ルークが『ワウ！』と吠《ほ》える。

『せっかく狩ったドラゴンをまだ食べてない』

「あー……」

そういえばルークが美味そうと言っていたのを思い出し、太一は頷く。さすがに、一応は助けてもらった……はずなので、ここでマテは申し訳ない。

「どうぞ」

太一から許可が出たルークは、嬉しそうにドラゴンにかぶりついた。その姿はとても豪快で、これが本当の弱肉強食なのだなと思う。

（しかしドラゴンの生肉を食すのか……すごいな）

『んむ、美味いな』

（ルークが美味《おい》しいならそれでいいか）

太一がぼへーっと眺めていると、そういえば【ご飯調理】というスキルがあったことを思い出す。もしかして、あのドラゴンを使って調理することができるかもしれない。

（ものは試しだ）

太一はルークの隣に行って、スキルを使う。

ルークがちらりと太一を見たけれど、今はドラゴンの肉に夢中のようで、何か言われることはなかった。

「ドラゴンの肉を使って、【ご飯調理】」

すると、自分の前にホログラムプレートが現れた。

《調理するには、材料が足りません。『ドラゴンの肉』『魔力草』があれば『ドラゴンステーキ』を

作れます》

どうやら、ただ焼くだけというわけにもいかないらしい。

「ふむ……」

すると、無心で食事をしていたルークが目を見開いた。

『お前、駆け出しとか言ったくせに調理スキルまで使えるのか!? テイマーがスキルで作った飯は、すごく美味いと聞くぞ……!』

めちゃくちゃ目が輝いて、尻尾もぶんぶん振られている。ルークの食べたいという強い意志がものすごいプレッシャーになり太一を襲う。

材料が足りないなんて、口が裂けても言えない雰囲気だ。

(魔力草があればいいんだけど……)

周囲を見回すと、見たことのない草がたくさん生えている。もしかしたら、あの中に材料となる魔力草があるかもしれない。

けれど、太一はこの世界の植物に詳しくはない。ルークは知ってるだろうか？ そう思ったところで、便利なスキルがあることに気づく。

「【慧眼《けいがん》】」

鑑定するためにスキルを使うと、すぐに情報が浮かんできた。どうやら、対象の名前とその説明が表示されるみたいだ。

猫の神様が授けてくれた固有スキル、【慧眼】。

スキルを発動した対象の詳細情報を知ることができる。

太一はゆっくり植物を見ていく。『薬草』『魅惑のキノコ』『惑わしの花』……いろいろありすぎるうえに、どれも気になってしまう。

一つずつ観察していくと、魔力草と表示されているものを発見した。

「これか！」

魔力草は、ギザギザした葉の青色の薬草だった。

隣には、同じ形で緑色の薬草が生えている。緑の多い森の中だと、目を凝らせば魔力草は普通の薬草よりも見つけやすいかもしれない。

目標のものが見つかり嬉しそうな太一を、ルークが不思議そうに見る。

『魔力草がどうかしたのか？』

「これとドラゴンの肉を使うと、ステーキが作れるんだ。【ご飯調理】！」

魔力草を摘《つ》んでスキルを使うと、太一の手がぱっと光りドラゴンステーキが完成した。特に何かの過程があるわけでもなく、一瞬で、だ。

（しかもお皿つきだ）

猫の神様が授けてくれたテイマーのスキル、【ご飯調理】。

材料を揃《そろ》えた状態でスキルを使うと、魔物のご飯を作ることができる。


『なんだその匂いは!!』

「ん？」

至れり尽くせりだなぁと太一が思っていた一瞬の間で、ルークはドラゴンステーキを食べ始めている。

どうやら、香ばしい匂いに耐え切れなかったようだ。

「はやっ！　……まあ、いいけど」

『モグ……。これはっ!!』

ルークは一口食べてカッと目を見開き、ふるふると震えている。

「どうしたんだ？　ルーク」

初めての【ご飯調理】ということもあり、何か失敗でもしてしまっただろうか。そう思ったが、ルークはすぐにドラゴンステーキを食べ進めた。

『美味い！　そのまま食べているときより、何十倍も美味い！　ドラゴンはスキルを使うとこんなにも美味くなるのか！　オレのような戦士にピッタリだ!!』

「それはよかった」

満足したようで、ルークはあごで食べかけのドラゴンをさす。

『残りのドラゴンの肉は保存して、またドラゴンステーキを作れ。残りの皮や爪は素材にできるから、お前にくれてやろう。売ったら少しは金になるはずだ』

「それは助かるけど、いいのか？」

どうやら今のステーキでルークのお腹は膨らんだらしく、気前のいいことを言ってくれる。

『人間は金が必要だと聞くからな。お前はこの世界に来たばかりなのだから、必要だろう？』

「ルーク……ありがとう！」

思いのほか自分を気遣ってくれるルークに、涙が出そうになってくる。ツンが多くはあるが、優しいもふもふで、最高の相棒だと太一は思う。

「それじゃあ、ありがたくもらうよ。街に行けば、買い取ってもらえるだろう」

『ああ』

(これがあれば、俺の夢も案外すぐに叶《かな》いそうだ)

太一の夢は、この世界で猫……もとい、『もふもふカフェ』を経営することだ。店舗も見つけなければいけないし、お金はあるに越したことはない。

ドラゴンの素材がいくらで売れるかは皆目見当もつかないが、安いということはないだろう。

素直に礼を言って、太一はドラゴンを魔法の鞄《かばん》にしまう。数メートルあったドラゴンは、すんなり入ってしまった。

(すごい……)

まだこの世界に来たばかりだし、森しか見ていないが……この鞄のようにいろいろな魔法アイテムもあるんだろうと想像すると、とてもわくわくした。

太一の視界がものすごい速さで動き、風で髪が舞う。こんな疾走感、ジェットコースターでもそうそう味わえるものではない。

『落ちたら面倒だから、しっかり掴《つか》まってろよ！』

「もちろんっ！」

――そう、太一はルークの背中に乗せてもらっていた。

さすがは伝説のフェンリルだけあって、走る姿がたくましい。太一を背に乗せてもまったく疲れている様子はないし、むしろ慣れたのか速度は上がっている。

なぜこんなことになったのか？　というと、二時間ほど前にさかのぼる。

太一が街への行き方と所要時間を確認すると、ルークから『数時間』という返事があった。

想像していたより大変じゃなさそうだと思った太一は意気揚々と出発をしたのだが……二時間歩いてもまったく変わらない森の中だった。

(あれぇ？)

いったいどういうことだと首を傾げると、隣を歩くルークがあくびをした。

『人間はこんなにちんたら歩くのか』

「…………そうか、ルークの足で街まで数時間だったのか」

フェンリルのルークが駆けて数時間で着くだけであって、人間である太一の足では軽く数日以上かかるだろう。

というわけで、太一はルークの背中に乗っている。


ふいにルークの耳がぴくりと動き、走る速度を緩めた。

いったい何事だと太一が周囲を警戒すると、『グオオオオオッ』と何かの鳴き声が森に響いた。

「ひえっ」

(え？　何？　待って、俺死ぬの？　ドラゴン？)

『む、魔物だ』

「うえぇぇっ⁉」

『このまま倒すぞ』

そう言うと、ルークはいとも簡単に襲ってきた魔物を倒してしまった。目にもとまらぬ速さで、前足の爪で一撃だった。

(すご……)

太一はただただ呆然《ぼうぜん》とするばかり。

倒した魔物は、大きな鳥だった。翼の部分がムキムキのマッチョで、とても筋肉質だ。これも魔物なんだろうかと、太一は鳥を見る。

『それも魔法の鞄に入れておけ。素材は売れるはずだ』

「え？　これも？」

『確か、『ワイルドホロホロ』とかいう鳥だったはずだ』

名前にワイルドがなければ美味しそうな名前だなと、そんなことを思いながら太一は魔法の鞄へ死体をしまう。

（……ほかの荷物が血みどろになったりはしないよな？）

そんな不安を覚えつつ、さらに何体もの魔物と遭遇しながらもルークと森を駆け抜けた。


そして数時間、街へ着いた。

いきなり大きなフェンリルが現れたら驚かせてしまうかもしれないので、少し離れたところで様子を見ることにする。

ルークには、先ほどのように一メートルほどの大きさになってもらった。

「大きな街だな……」

『確か、『シュルクク王国』で二番目に大きな街だったと思うぞ。『レリーム』という名前の街だったか』

「へえ、レリームの街か」

シュルクク王国にある、レリームの街。

この国で二番目に大きな街で、街道には人の流れができている。辺りを見渡すと草原が広がっていて、街の西側の外壁の外である郊外には農場と家々がある。

街をぐるりと囲む大きな外壁は、門から街の中へ入れるようになっていた。中央には大きな建物もあり、過ごしやすそうな街だ。


移動手段は馬車や馬、もしくは徒歩という、どこかのどかな風景。

「平和そうだなぁ」

太一がぽつりと呟《つぶや》くと、ルークがふんっと鼻を鳴らして『当たり前だ』と言う。

『ここは冒険者たちも多いし、街の兵だっている。見晴らしもいいし、魔物がそうそう襲ってくることもないだろう』

「それは安心だ」

魔物がいる異世界で、平和な街というのは太一にとってポイントが高い。もし外敵対策の不十分な村で暮らしてくれと言われたら、全力で首を振っていただろう。

(それに、もふもふカフェはお客さんがいないと駄目だしな)

このように大きな街なら、きっとカフェでゆっくり過ごしたいと思う人もいるはずだ。

「よーし、とりあえず街に入ろう！　実はすごく疲れてて、今日は早く休みたいんだ」

『まったく、軟弱な！』

「あはは」

えばっているルークだが、その尻尾は揺れているので、きっと同じように休みたいか街が楽しみなのだろう。

太一は「早く行こう」と、街へ向かって歩きだした。


のんびり草原を歩き、外壁の前までやってきた。街に入る人で混み合っているけれど、入場はスムーズに行えているようだ。

すぐに太一の順番がやってきた。

「うわ！　大きなウルフを連れてるなぁ……。危険はないか？」

門番をしている兵士に問いかけられ、太一は「もちろん」と頷く。

(えーっと、ルークと会話ができるのはスキルがあるおかげなんだよな)

つまり、兵士たちには『ワン』としか聞こえないのだろう。対応をしてくれている二人の兵士に、太一は問題ないことを伝える。

「テイムしてあるので、俺の言うことにはちゃんと従ってくれます」

「そうか、テイム済みなら問題はない。身分証を見せてもらえれば街へ入れる」

「身分証……」

うっかりしていたと、太一は背中を冷や汗が流れる。

この世界に来たはいいが、身分証になるようなものは持っていない。この世界の人は、生まれてすぐにそういった身分証が発行されているのだろうか。

(日本の免許証じゃ……駄目だよな)

太一が悩んでいると、「持ってないのか?」と兵士が首を傾げる。

「身分証なしだと、街に入るのに五〇〇〇チェル必要だが……どうする?」

「あ、ええと、ちょっと確認しますね!」

「ああ」

兵士の言葉にほっと胸を撫でおろしつつ、チェルってお金だよな!? と、太一は猫の神様にもらった魔法の鞄の中身を確認する。

(食料とかはあったけど、お金は入ってるのか?)

すると、鞄の中身一覧に『財布』という単語を見つける。

(これか!)

取り出して中身を確認すると、銀色の硬貨――銀貨が三枚入っていた。

(お金があったのはよかったけど、五〇〇〇チェルが銀貨でどれくらいかがわからないな……)

太一はこっそり、すぐ後ろにいるルークへと「これっていくらだ?」と財布の中身を見せる。

『金があることは知っているが、今の価値までは知らないぞ』

「そうか……」

困ったぞと、太一は頭を悩ませる。

兵士に聞いてしまうこともできるが、ここでお金のことがわからないと知られたらさすがに不審に思われるだろう。

（怪しまれて街に入れてもらえなかったら大変だ）

太一は仕方なく、「いくらあったかな……」と、財布の中身……ひとまず銀貨二枚を手のひらに出してみた。

これで兵士の反応を見て、五〇〇〇チェルがいかほどか見極める作戦だ。

「お、大銀貨か。それなら釣りを用意するが、銀貨があるならちょうどでもらうぞ？」

「今はこれしかないので、お釣りをもらってもいいですか？」

「ああ」

兵士がすぐに、「五〇〇〇チェルの釣りだ」と言って太一が持っていた銀貨より一回り小さいものを五枚渡してくれた。

（財布に入ってたのは、大銀貨だったのか）

そして大銀貨一枚で銀貨が五枚返ってきた。

一〇〇〇チェルで銀貨一枚。

一万チェルで銀貨一〇枚か大銀貨一枚のようだ。

なるほどなるほどと、太一は納得する。とりあえず、お金のことはどうにかなりそうだ。

そうなると、心配なのは街での衣食住だ。

「……兵士さん、どこかいい宿ないですかね？　お手頃な値段で……」

「そうだなあ……。ここの通りをまっすぐ行って、冒険者ギルドを右に曲がったところにある『三日月の宿』っていうとこなら一泊四〇〇〇チェルで飯も美味いぞ」

「ありがとうございます、行ってみます！」

兵士の答えを聞き、どうやら一チェル＝一円くらいの認識でよさそうだと太一は思う。ここは大きな街なので、辺境に行けばさらに安くなるだろう。

（もふもふカフェのために、市場調査もしないとだな）

コーヒーや紅茶など、飲み物の種類が豊富だったらいいなぁ。そんなことを考えながら、太一はレリームの外壁の中へ足を踏み入れた。

閑話　美味しいドラゴンの肉

シュルクク王国、レリームの街の南東に位置する深い森は、その中心部にある種の結界が張ってある。

それは、強い魔物が棲息《せいそく》しているからだ。

何人もの魔法使いたちが結界を重ね合わせ、一年に一度張り直しを行う。こうすることで、魔物たちが森の外へ出てくるのを防いでいる。

だが、ごく稀《まれ》に結界にほころびなどが生じ、魔物が外へ出てきてしまうことがある。その場合は、高ランク冒険者が討伐を行う。

――ただ、あまりにも強すぎて、その結界自体が効かない魔物も存在するが。たとえばそう、伝説の魔物フェンリルのような……。


そんな森の中を、陽気に散歩する一匹のフェンリルがいた。

散歩、とはいっても、ただ歩いているだけではない。自分の前に立ちはだかる魔物がいれば狩るし、美味《おい》しそうな木の実を見つけたら食べてみる。

自由気ままな森暮らしだ。

『それにしても、今日は日差しが強いな』

どうせなら水浴びでもしようかと、フェンリルはお気に入りの泉へと向かう。ここは魔物や動物たちの憩いの場で、少しばかりの魔力を含んだ湧き水が出ている。

少し開けた場所にあり、丸い形の泉。周囲には貴重な薬草などが生えており、怪我《けが》を癒《いや》す場所としても最適だ。

フェンリルが泉へやってくると、何匹かの魔物たちが楽しそうに水浴びをしているところだった。

『ふむ……』

自分はこの森の頂点に君臨しているのだから、声をかけてやるのがいいだろうかと、魔物たちを見る。——が。

『ぴょっ！』

『ギャギャッ!?』

魔物たちはフェンリルを見るや否《いな》や、ものすごい勢いで泉から出ていってしまった。別に、泉を使っていたとしても怒ったりはしないというに。

自分以外の魔物が一匹もいなくなってしまった泉を見て、フェンリルはフンと鼻を鳴らす。

別に、一匹でいることには慣れている。

『オレは孤高の戦士フェンリルだからな、これくらいがちょうどいい』

泉の水はとても澄んでいて、底の様子がよく見える。フェンリルが足を踏み入れると、泳いでいた魚が逃げていく。

『ふんっ』

そのまま潜って泳ぎ、自慢の毛を洗う。

しかしフェンリルはそれほど水浴びというものが好きではないので、すぐに陸へと上がって勢いよく体を振って水しぶきを飛ばす。

仕上げに魔法を使えば一瞬で毛が乾き、いつものもふもふが姿を見せる。

フェンリルは泉を覗《のぞ》き込んで、自分の顔と毛並みを見る。

『オレは今日も最高に格好いいな！』

ご満悦だ。

水浴びをし、ついでに水も飲む。すると、フェンリルのお腹からきゅるるる……と、可愛《かわい》らしい音がした。

『ふむ、腹が減ったな……』

先ほど木の実を食べたので、美味しい肉が食べたいなと思う。

この森は広く、強い魔物が多い。魔物は強ければ強いほど肉が美味《うま》く、食べ応えがあるというのがフェンリルの考えだ。

とはいえ、例外もあるし食べたくない魔物だっている。たとえばオークは見た目が嫌いだし、肉も美味しくなさそうだ。まあ、食わず嫌いというやつだが。

『ドラゴンでもいればいいが……』

数百年ほど前、ドラゴンの肉にはまっていたことがあり、そのとき大量に狩って以降数が少なくなってしまった。

まったくいないというわけではないが、フェンリルの鼻をもってしても探すのはなかなか面倒なのだ。

とはいえ、美味しいご飯のため。

『木の上を走って探してみるか』

近づくことができれば、匂いでわかるだろう。


白金色の毛をなびかせ、フェンリルは軽やかに木の上を駆けていく。標的は、この森に棲息しているドラゴンだ。

フェンリルは走りながら、ドラゴンの肉は久しぶりだなと考える。最近は、ほかの魔物や木の実ばかりを食べていた。

（そういえば、とても美味い飯を作るスキルを持ってる人間もいると聞いたことがあるな）

まあ、孤高のフェンリルである自分には無縁のことだけれど。

しばらく走っていると、ドラゴンの匂いがフェンリルの鼻に届いた。

距離でいうと、数キロメートルほどだろうか。フェンリルの足なら、数分で捉えることができるだろう。

速度を上げて進むと、視界にルビードラゴンが映った。真っ赤な鱗《うろこ》を持ち、体長はフェンリルの倍以上もある。

しかし、孤高の戦士フェンリルの敵ではない。

『あんな体だけがでかくて美味いドラゴン、オレの敵じゃないな』

勢いよく飛び出し、ルビードラゴンの首元へと噛《か》みついた。そして同時に、足をすくませている人間が視界に入る。

(なんでこんな森に人間がいるんだ?)

フェンリルはとりあえず爪を使ってルビードラゴンにとどめを刺す。そして、なんとなく気になり……その人間のほうに歩いていく。

しかし次の瞬間——ありえない言葉が耳に届き、光が自分を包み込んだ。


「——っ、【テイミング】!!」


まさか孤高のフェンリルにテイミングを使う愚かな人間がいるなんて、思ってもみなかった。

(オレのテイムに成功した?)

人間の男は、見慣れない格好をしていた。どうしてあんな軽装でこの森に来たのかと、言ってやりたいくらいだ。

しかし、その気配はただ者ではない。

自分のような魔物をテイミングできるのだから、よほどの強者なのだろう。そう考えると、興味も湧いてくる。

(というよりも……)

なんというか、ほっとけないと思ってしまった。庇護《ひご》欲をそそられるのかと言われると、そうではないのだが……構いたくなる顔をしているのだろうか。

(不思議なオーラを持つ人間だな)

孤高のフェンリルである自分をテイミングしたのだから、それくらいの人物でなければ。

(まあ、仲良くしてやるのもやぶさかではないな！)

すると、人間が話しかけてきた。

「あ、あの……」

テイマーの【会話】スキルも持っているようで、この人間と言葉を交わせるということに少しだけ気持ちが上がる。

とはいえ、出合い頭でいきなりテイミングするなんて……という気持ちもある。

『お前、勝手にテイムするなんて……!!』

「え、あっ、ごめんなさい……」

『孤高のフェンリルであるオレがテイマーに従えられるなんて、最悪だ！』

(まあ、オレを見ても逃げ出さなかったことは評価してやってもいいがな！)

先ほど泉で逃げた魔物たちより、何百倍も見込みがあるので好感が持てる。

(……確か、テイミングされると名前をもらえるんだったな)

孤高のフェンリルである自分に名前はさほど必要ではないが、あっても別に悪いわけではない。

人間に文句を言いながら会話を進め、名前の件を出す。

そして孤高の戦士フェンリルは、ルークという名前を得た。

3 異世界の街

ルークの背に乗って森を出た太一《たいち》は、無事に街に入ることができた。

街の中は賑《にぎ》わっていて、入ってすぐ大通りがあった。それに交差するかたちでいくつかの通りがあり、主要な施設は大通り沿いにあるようだ。

まずは、門番に教えてもらった『三日月の宿』を目指して歩く。


「よさそうな街だな」

暮らしている人たちも穏やかそうで、上手《うま》くやっていけそうだ。

とはいえ、ルークの姿は目立つ。小さくなってもらったとはいえ、一メートルほどの大きさがあるのだから。

(視線が刺さるな……)

『人間たちはオレの格好よさに見惚《みと》れているみたいだな』

(わあ、ポジティブ)

しかし、確かにルークの格好よさと、その毛並みのもふもふの素晴らしさは世界一と言ってもいいだろう。

『しかし、いろいろな店があるな』

ルークがキョロキョロして、ショーウインドウを見る。服や魔道具がきちんと並べられているので、どちらかというと富裕層をターゲットにしたお店だろう。

「そういえば、着替えも買わないといけないな……」

『タイチは装備を整えることが先決だな』

「装備かぁ……」

別に剣や魔法で冒険者業をするつもりはないので、ガチの装備は必要ないと思っている。普段着があれば、ことたりる。

「あ、でも上着はちゃんとしたやつがほしいな。ルークの背中に乗ったとき、風が冷たかったから」

『人間は軟弱だな』

「あはは」

ひとまず宿を探して、それから買い物やらなんやらを済ませよう。

なんて思っていたら——事件が発生しました。

「そんな大きな従魔、うちの宿じゃ無理だよ！　ほかを探しておくれ」

「はい……」

おすすめしてもらった三日月の宿に行ってみると、ルークが大きすぎるという理由で断られてしまった。

落ち着いた雰囲気の宿だったため、とても残念だ。

「さてと、どうするかな……」

『まったく。オレ様の寝床を用意できないなんて、駄目だな！』

太一とルークはほかに宿屋がないか、話しながら街中を歩く。

（仕事も探さないとだよな）

まずはもふもふカフェの開店資金を貯《た》めなければいけない。残念ながら、お財布の中身だけではまったく足りない。

ルークからドラゴンの素材を売っていいと言われたけれど、肉の部分はご飯用に取っておくので、おそらくそんなにお金にはならないだろうと太一は考えている。

（どこかでバイトをするか、それとも冒険者ギルドで仕事を斡旋《あっせん》してもらうとか？）

どうしたものかと悩んでいると、ルークが『どうした』と太一を見た。

「いや、金銭的な余裕が――あ」

『ん？』

「あそこの看板！　『テイマーギルド』って書いてある！」

宿に行く途中で冒険者ギルドは見つけたけれど、職業のギルドがあるとは知らなかった。まずは、ここで話を聞いたほうがいいだろう。

（ルークみたいに大きな魔物と一緒に泊まれる宿屋も紹介してもらえるかもしれない！）

「ちょっと寄っていこう！　いろいろ教えてもらえそうだ」

『わかった』

大通りから二本先に行ったところに、テイマーギルドはあった。

思いのほか大きな建物で、扉も大きい。きっとルークのような大きな魔物を従えるテイマーがいるので、そのためだろう。

塀に囲まれ、ちょっとした庭もあるようだ。


太一がドキドキしながら中に入ると、受付嬢が一人いるだけでほかは誰もいなかった。大きな外観からは予想できない寂しさだ。

よくよく見ると、建物は傷んでいる部分が多い。

(え、もしかして寂れてる……？)

嫌な汗が背中を流れるも、入ってしまったのだから仕方がない。それに、受付嬢が嬉《うれ》しそうな顔でこちらを見ている。

間違いなく、テイマーとしてロックオンされているだろう。

「いらっしゃいませ！　私は受付のシャルティです！　わあ、大きなウルフですね。初めて見ますが、もしかしてウルフキングですか？」

やっぱり、その顔に『貴重なテイマーは逃がさない！』と書かれている。

テイマーギルドの受付嬢、シャルティ。

セミロングの水色の髪は外にはねていて、いくつかのお洒落《しゃれ》なヘアピンがつけられている。ピンクの瞳と、八重歯の可愛《かわい》い女の子だ。

年は一〇代後半といったところで、二八歳の太一から見ればだいぶ若い。


「こんにちは。俺は太一で、こいつはルーク。種類はフェンリルです」

太一が受付に行きつつ言葉を返すと、シャルティはぽかんと目を見開いて、笑う。

「あははっ、面白い方ですね。フェンリルの目撃例は数百年前にあったくらいで、今じゃ伝説の魔物じゃないですかっ！」


(おっとー!?)

まさかそんな返しをされるとは想定しておらず、太一の笑顔が引きつる。

(そういえば、門番もルークのことをフェンリルじゃなくてウルフ系の魔物って言ってたな……)

ルークのことを別段隠すつもりはなかったけれど、フェンリルが伝説の魔物として知られているならウルフキングと言ったほうがいいかもしれない。

(名前にキングってついてるから、ウルフ系の魔物の上位種なんだろう)

いきなりのとんでも情報で、太一の心臓はバクバクだ。

「あ、あはは、すみません。田舎から出てきたばかりで、緊張をほぐすためにこんな冗談を言ってしまいました」

とりあえず全力で誤魔化すことにした。

「だから、身分証もなくて……」

「そうでしたか！　でしたら、テイマーギルドへ登録していただくと、登録証がそのまま身分証になりますよ」

（よかった、誤魔化せた！）

しかも、登録すると身分証を得られるようだ。

寂れているテイマーギルドに不安がないわけではないが、冒険者になって戦うわけではないのだから、別にいい。

「登録をお願いします」

「はい！　では、手続きをしますね」

シャルティは登録用紙を取り出し、カウンターの上に置いた。

「こちらに記入をお願いします」

見ると、名前、年齢、従魔、スキル、備考と書かれた欄があった。思ったよりも簡単に登録ができるみたいだ。

「名前と年齢……従魔はウルフキングのルーク一匹。スキルと備考は……」

太一が記入を進めていくと、ルークが鼻先で腰のあたりをグリグリしてきた。

「うわっ、なんだ!?」

見ると、ルークはえらく不機嫌そうな顔をしている。

『こら、ウルフキングとはなんだ！　あんな犬っころと一緒にするんじゃない！　オレは誇り高きフェンリルだぞ！』

「……しょうがないだろ、今は伝説の生き物になってるんだから」

本来の大きさに戻り、強さを証明したらフェンリルだと認めてもらえる可能性はあるが……同時にフェンリル発見の大事件になってしまうことくらい、太一にも想像はできる。

『ふむ……。まあ、孤高のオレ様が伝説というのもあながち間違ってもいないからな』

ふんと鼻を鳴らすも、ルークは嬉しそうに尻尾をぶんぶん振っている。

（このツンデレさんめ……!!）

こそこそしている太一とルークを微笑《ほほえ》ましそうに見ているシャルティが、残りの欄を指さした。

「スキルの記入は任意になります。知られたくないという方もいらっしゃいますから、強制ではないんです。備考は、こういった仕事がしたいということや、ギルドに伝えたいことがあった場合に書いてください。基本的に、従魔を駆使して魔物と戦う仕事が多いですね」

「なるほど……」

スキルを記入しておくと、それにあった仕事を割り振ってもらえるようになるらしい。

（俺のスキルには【ご飯調理】とかもあるから、それを書いとくとご飯依頼がきたりするのか？）

そう考えるも、テイマーなら持っているスキルだろうし、テイマー以外には必要なさそうだから需要があるのかわからない。

かといって、固有スキルはあきらかにチートなので記入したくはない。

「あ、これならいいかな」

スキルの欄に、【ヒーリング】と【キュアリング】を記入する。これなら、回復を求めている人がいたときに助けてあげることができるはずだ。

そして、備考にはもふもふカフェを開店する予定とも書いておく。変に冒険の依頼などが来ても断れるようにだ。

「わっ、回復スキルをお持ちなんですね！　持っている人が少ないので、とても助かります！」

当たり障りのないように記入したつもりだったが、回復系のスキルはレアな部類だったようだ。

(まあ、記入しちゃったから仕方ない)

シャルティは、続いて書かれた内容を見て首を傾《かし》げる。

「それと、カフェですか？」

「はい！　俺は戦いとか、そういった荒事が苦手なので……カフェを開きたいと思ってるんです。でも、単なるカフェじゃなくて、もふもふした可愛い魔物と触れ合えるカフェです！」

「もふもふ……ですか」

太一が力説してみるものの、シャルティにはいまいち伝わっていないようだ。

(う〜ん、こっちの世界には猫カフェ的なものがないみたいだな)

これはもふもふカフェを作っても、すぐ軌道に乗せるのは難しいかもしれない。

まあ、もとより馬車馬のごとく働くつもりはない。慎《つつ》ましく暮らしていける程度の収入を得られたらよしとしよう。

とはいえ目標は大きく、もふもふカフェのこの世界への浸透だ。

もふもふに囲まれて嬉しくならない人がいるだろうか？　いや、いない!!

そして、ブラック勤め……が、この世界にいるかわからないけれど、いたとしたら同じように癒《いや》してあげることもできるだろう。

もふもふカフェの件は、ひとまず資金が貯まるまでお預けだ。


さて、本題のテイマーギルドに関して。

登録申請は無事に受理され、『テイマーカード』をもらうことができた。

「これは、テイマーギルドの所属員であることを証明するカードです。身分証としても使えるので、なくさないように注意してくださいね」

「はい」

テイマーカードには、『タイチ・アリマ』『Fランク』と所属扱いになるレリームの街の名前が書かれている。

「このカードはほかのギルドでも使用することができて、ランクも共通しています」

テイマーギルドや冒険者ギルドをはじめ、登録している人はS～Fでランク付けをされる。それが実力の指標で、依頼を受ける目安になるのだという。

自分のランクより一つ上のランクまで依頼を受けられるので、太一はEとFランクの依頼を受けることができる。

太一が感心していると、とシャルティがテイマーカードを指さした。

「一番大切な説明をしますね。テイマーカードだけではなく、すべてのギルドカードに共通しているのですが……魔力を流してみてください」

（え、どうやって？）

シャルティの言葉に思わず固まる。

確かにスキルを使えるのだから、この世界には魔力のようなものがあるのだろう。しかし、その使い方がわからない。

（スキルはスキル名を言えばいいだけだもんなぁ……）

そう考えると、なんて楽なシステムなんだろうと思う。

ひとまずスキルを使うような感じを思い浮かべてみると、テイマーカードが淡く光った。

「……！　これって」

表面に変化がなかったので裏返してみたところ、太一の情報がすべて書かれていた。先ほどギルドに提出したものではなく、持っているスキルや従魔の情報など、すべてが――だ。

さすがにこれを知られるのはやばい、そう思ったところで「見せないでくださいね」とシャルティが告げた。

「ギルドカードに魔力を流すと、正式な情報が出ます。ちなみに、もう一度魔力を流すと消えます」

シャルティに言われた通り魔力を流すと、太一のチートスキルたちがカードから消えた。

（よかった……）

「でも、なんでこんな機能？　がついてるんですか？」

「基本的に開示の必要はありませんが、例外があります。依頼主からの希望があった場合と、犯罪などを起こしてしまった場合などですね。前者の場合は口ではなんとでも言えるので、信頼を得るために使われたりもしますよ」

「ああ、なるほど……」

この世界には魔物がいて、常に死と隣り合わせだ。

自分の職業やスキルを偽りなく提示できるということは、相手に信頼してもらううえではいいのかもしれない。

強制力がないのなら、太一が今後誰かに見せるようなことはないだろう。

「ギルドで無理やり開示させることはないので、その点は安心してください。それと、あそこが依頼掲示板です」

入り口から見て右手側の壁が掲示板になっていて、依頼の書かれた紙が貼られていた。基本的に魔物討伐が多いけれど、Fランクに限っては家畜の世話の手伝いなども含まれている。

(テイマーを動物の世話係か何かだと思ってるのか……?)

まあ、もふもふカフェを運営しようとしている太一の言える台詞《せりふ》ではないけれど。

「説明ありがとうございます。戦闘などは無理なので、俺はのんびりカフェを開きます」

「……そう言うと思ってました。ウルフキングを連れてるので、本当は戦闘系の依頼も受けてほしいんですけど」

ちら、と。

シャルティが太一に視線を送ってくる。しかしなんと言われようとも、無理なものは無理だ。

「無理です。俺が死にます」

「そう言われたら、引き下がるしかないじゃないですか……」

ウルフキングに守ってもらえそうだとは思うが、絶対安全というわけでもない。仕方なく、シャルティが引き下がった。


手続きが終わったので、太一はテイマーの宿事情を教えてもらうことにした。

「あ、そうだった。シャルティさん、ルークと一緒に泊まれる場所ってありませんか？　宿に行ったら断られてしまって……」

「大きいですからねぇ。テイマーギルドでは登録テイマーに宿泊施設の提供もしていますよ。一泊二〇〇〇チェルと、宿に泊まるより出費も抑えられていいです」

テイマーという職業柄、太一のような悩みを抱える人が多い。そのため、テイマーギルドはどこの街の支部も大きく作られている。

「ぜひ宿泊をお願いしたいです……！」

「わかりました。何泊を予定していますか？」

「とりあえず五日でお願いします」

財布から大銀貨を一枚取り出して、宿泊料を支払う。これで財布の中身は大銀貨一枚と銀貨五枚だ。なんとも心許《こころもと》ない。

（仕事を探すか何かしないと、すぐに所持金が尽きるな……）

「じゃあ、部屋に案内しますね」

「はい」

受付カウンターの横の通路を進むシャルティの後に続くと、中庭に面した渡り廊下に出る。

庭には大きな木とたくさんの草花と、小さな池があった。そんなに広くなく、縦横ともに五〇メートルほどだろうか。

何匹か犬の魔物がいたので、テイマーギルドの職員の従魔かもしれない。

「ルークも遊ぶか？」

聞いてみると、思い切り顔をしかめられた。

『オレを犬と一緒にするな！　孤高のフェンリルが、こんなところでボール遊びをするわけがないだろう』

「残念」

（だけどルークさん、尻尾が少し反応してますよ）

ボールを買ってあげたら、一緒に遊んでくれそうだなと考えて太一は笑った。

「ギルドに所属していれば、ここの中庭も自由に使えます。井戸もありますから」

ご自由にどうぞと、シャルティが説明してくれる。

「ありがとうございます」

「タイチさんは貴重なテイマーギルド員ですからね！　わからないことがあれば、なんでも聞いてください」

「…………」

シャルティの言葉に、太一は若干頬《ほお》が引きつる。

ずっと気になっていたことを、言ってしまってもいいのだろうか……と。

「……その、テイマーはあまり多くないんですか？」

「…………」

意を決して太一が気になってたことを聞くと、シャルティの表情が固まった。

（あ、やっぱり……）

「……まあ、多いとは言えませんね。でもでも、テイマーってとっても魅力的なんですよ！魔物を駆使して戦うので、互いに弱点を補うことだってできますし。ただ、強い魔物をテイムするのが少し大変なだけで……なんというか、上級者向けの職業なんですよね」

弱い魔物をテイムして強く育てるという方法もあるが、どうしても魔物としての強さに限界がある。

より強い魔物をテイムしようとすると、その場所へ行くための強さや仲間が必要になってくる。

しかし、強い魔物のいないテイマーがランクの高いパーティに入るのはなかなか難しい。

それもあってテイマーは難しく、職業に選ぶ人は少ないのだという。

「なるほど、確かにそれはあるかもしれませんね」

「そうなんですよぉ……。だからもう、タイチさんが来てくれてとても嬉しいです！　末永く！

テイマーギルドをよろしくお願いしますね!!」

「はい」

太一としては平和にもふもふカフェをしたいだけなので、テイマーギルド所属で何ら問題はない。戦闘クエストなんかを受けるわけでもないし。

(あ、そういえば)

「魔物の素材があるんですけど、それって買い取ってもらえますか?」

「素材関係は冒険者ギルドで買い取りをしてますよ。職業ギルドでは、その職に必要な素材のみの買い取りになってるんです。うちだと、特定の魔物が好んで食べる木の実とか草木ですね」

ギルドによって買い取れるものが違うらしい。

「全部魔物なので、冒険者ギルドへ行ってみます」

「はい」

うっかりしていたのだが、売る魔物の素材はドラゴン以外にもあった。

この街に来る途中——というか、森を抜けている最中、出てきた魔物をルークが倒してくれていたのだが、それも魔物素材として売ることができるらしい。

かなりの数があるので、買い取ってもらえば懐事情も改善するだろう。

太一は案内された部屋で一休みをして、冒険者ギルドへ行くことにした。

そして、大通り沿い、街の南門に比較的近いところにある冒険者ギルドへやってきた。

所属している冒険者が多いようで、建物はテイマーギルドよりも大きい。

太一がルークと一緒に中へ入ると、多くの人で賑わっていた。複数あるカウンターには列ができていて、手続き一つするのにも時間がかかりそうだ。

『すごい人だな……』

「仕方ない、並ぶか」

買い取りと書かれているカウンターの列に並んで、二〇分。

太一の順番がやってきた。

「こんにちは。査定しますので、素材をカウンターの上に出してください」

そう言ってカウンターの上を示されたが、ここに魔物まるごと載るわけがない。

冒険者ギルドは魔物を素材として買い取るのに、このスペースで足りるのだろうかと太一は不思議に思う。

「えっと……大きいうえに数も多いので載り切らないんですけど、どうしましょう？」

「そんなにですか？　でも、大きな荷物は何も……」

受付嬢が不思議そうに首を傾げるので、太一は苦笑しつつ腰に下げている鞄《かばん》を指さす。

「魔法の鞄なんです」

「これはまた、レアアイテムを持ってますね……。奥に案内するので、こちらへどうぞ」

（これもレアアイテムだったのか……）

もう何がレアで何が一般常識なのかわからなくなってきたなと、太一は苦笑する。


奥の部屋に行くと、そこでは魔物の素材の解体が行われていた。

部屋の広さも二〇畳ほどあり、ネズミやウルフ系の魔物が次々と解体されている。ここならルークが狩った魔物を出しても問題ないだろう。

ただ、テイマーギルドでの会話と、今のやり取りで太一は不安に思うところがあった。それは、本当にドラゴンの素材を出していいのか？　ということだ。

フェンリルが伝説の魔物として扱われていて、便利な魔法の鞄はレアアイテムだという。

太一はこの世界のことをゲーム感覚で考えていたが、思った以上に自分の認識は甘く、自分の持ち物はすごいのかもしれない。

（魔法の鞄は時間が止まってるし、ドラゴンは今度にしよう）

「じゃあ、これをお願いします」

太一がそう言って魔法の鞄から何匹か魔物を取り出すと、案内をしていた職員だけではなく作業部屋にいたほかの職員たちも目を見開いた。


「「なんだこの高ランクの魔物の山は!!」」

太一が出した魔物を見て、ギルド職員は驚きの声をあげた。

「レッドウルフに、ワイルドホロホロと……プラチナゴーレムまでいるぞ！　おいおい、どれも高ランクの魔物じゃないか!!」

（これも駄目なのか！）

ルークがどれも一撃で倒していたので気にしていなかったが、やはりかなり強い魔物だったみたいだ。

とりあえず、全部出さなくてよかった……ということにしておこう。

「傷はそこそこあるが、ほとんど一撃で倒してる……。すごいなんてもんじゃないぞ!?　おい兄ちゃん、あんたが倒したのか!?」

「あ、いえ……俺の従魔が倒したんです」

後ろにいたルークを指さすと、職員は「高ランクテイマーか！」と声をあげた。いいえ、Fランクテイマーです。

「こりゃあ、なんの魔物だ？」

「ウルフキングです」

「ああ！　ウルフ系の魔物の王か！」

『犬ころと一緒にするなと言っているだろうに……!!』

すごいすごいと感心する職員の横で、ルークが吠《ほ》える。しかし彼らはテイマーのスキルを持っていないので、『ワン』としか聞こえていないけれど。

「買い取ってもらわないといけないから、もう少し我慢してくれ」

太一はそう言って、ルークの首まわりをもふもふ撫《な》でる。すると、気持ちよさそうに目を細めて『仕方ないな！』と許しをくれた。

「はあぁぁ、ウルフキングを従えるとはすごいな。すぐに査定額を出そう」

「ありがとうございます」

職員が急いで魔物の状態をチェックしていく。そして紙に素材の内容などを書き出して、受付嬢に渡してくれた。

「どれもいい素材だ。これで買い取りをしておいてくれ」

「わかりました！」

「よーっし、野郎ども！　俺たちは今から楽しい解体タイムだ〜！」

「「「おー!!」」」

何か問題になったらどうしようかと思ったが、買い取りは問題なかったようだ。そのことにほっと胸を撫でおろした。


胸を撫でおろした、はずだった。

なのに気づけば、太一は冒険者ギルドの個室に通されていた。どうやら、素材として売った魔物のランクが高かったことが原因のようだ。

受付嬢は一度退室していて、今は太一とルークの二人だけ。

「どうしよう……何かいろいろ聞かれたりするのかな？」

『人間は弱いな。あんな魔物程度で驚くとは、たかが知れている』

ふんと鼻を鳴らすルークは、まったく気にしていないようだ。

（俺は別室に通されて、これから取り調べでもされる気分だっていうのに……）

太一がそんなことを考えていると、ノックがして先ほどの受付嬢がやってきた。別に、いかつい上司が一緒……というわけではない。

そのことにちょっとほっとする。

「すみません、お待たせしました。金額が大きいので、カウンターではなくここで清算させていただきますね」

「あ、はい」

（なんだ、買い取り金額が大きいから別室に通されただけだったのか）

宝くじで高額当選すると別室に通されるというけれど、きっとそれと同じだろう。太一がほっとしていると、受付嬢が「それで」と話を切り出した。

「売っていただいた高ランクの魔物ですが、従魔のウルフキング一匹で倒したんですか？　あなた、冒険者ギルドを利用するの初めてですよね？」

（やっぱり取り調べだったー!!）

「えーっとですね」

「まず名前は!?」

「タイチ・アリマです」

「冒険者カードは!?　というかギルド登録はどうなってるんですか!?」

めちゃくちゃ食いついてくる受付嬢に、太一は自分がテイマーであることと、テイマーギルドで登録したことなどを説明した。

魔物は本当にこの従魔が一匹で倒してくれたということも。


「なるほど、テイマーギルドに登録したばかりだったんですね。高ランクのテイマーなんて、都市伝説か何かだと思ってました。本当にいるんですねぇ……。そうですよね、失礼かもしれませんけど、タイチさんってそんなに強そうじゃないですもんね」

思ったことをずばずば言う受付嬢に、太一は乾いた笑いしか出てこない。

(どうせ俺は弱いですよ……)

「まあ、そんなわけで素材を売りに来ただけです」

「……わかりました。まさか、こんなところに逸材がいたなんて。テイマーもいいですけど、冒険者ギルドもよろしくお願いしますね！」

そう言って手を叩《たた》くと、受付嬢はジャラっとお金の入った袋を机の上に置いた。今回の買い取りの料金みたいだ。

「レッドウルフは一体一〇万チェル、それが三体。ワイルドホロホロは一体一三万チェル。プラチナゴーレムは一体……三〇〇万チェル。合計で、三四三万チェルです」

「え……」

あまりの金額の大きさに、言葉が出ない。開いた口がふさがらないとはこのことだろうか。

渡された袋の中を確認すると、大金貨が三枚、金貨が四枚、大銀貨が三枚入っていた。一気に太一の財布が潤っていく。

「これだけあれば資金は十分じゃないか……!?」

思わずガッツポーズをした太一を見て、受付嬢がくすりと笑う。

「装備か何か買うんですか？」

これだけのお金があれば、いい装備一式を揃《そろ》えることができる。そう思って受付嬢は言ったのだろうが、太一が求めるものは別のところにある。

「実はもふもふカフェを開く予定なんです」

「もふもふカフェ？」

「そうです。魔物たちと触れ合えるカフェ……ですかね」

きょとんとした反応の受付嬢に、やっぱりこの世界にもふもふカフェはないのだなと思い知らされる。

可愛い猫を連れていたら説明も楽だったかもしれないが、隣にいるのはなかなかに大型なルークだけ。

受付嬢は考えつつも、「いいですね」と賛同してくれた。

「冒険者じゃないのはもったいないですけど、強いテイマーが街でカフェをしていてくれたら心強いですから！」

「ああ、なるほど」

確かに、魔物がいる世界では街の防衛も大切だ。

兵士が配置されてはいたが、ドラゴンが襲ってきてそれから街を守れるのか……と言われたら、わからない。

「商売をするなら、商業ギルドですね」

「行ったことがないので、場所を教えてもらってもいいですか!?」

「いいですよ～」

資金が貯まっても、商売関係の手続きに関してはさっぱりだったので、ここで教えてもらえたのはラッキーだ。

大通りにある商業ギルドで、商売関係はすべて手続きができるのだという。

「もふもふカフェができたら行くので、教えてくださいね」

「本当ですか!?　ぜひ！」

しかも、お客さん第一号も確保だ。

なかなか難しい道のりだと思っていたけれど、やっぱり楽しそうだ。

手持ちが十分になった太一は、ひとまずテイマーギルドへと戻ってきた。さすがに、一日で商業ギルドにまで足を延ばすのは疲れてしまう。

というか、このまま商業ギルドまで行っていたらブラックだった前世と何も変わらない。

テイマーギルドに入ると、シャルティがすぐに駆け寄ってきた。

「おかえりなさい、タイチさん！　素材は売れましたか？」

「ただいま。素材は無事に買い取ってもらえて、カフェの開店資金ができましたよ」

「えっ、もうですか!?　すごい……」

「はい。ルークのおかげです」

太一が腕をぐるぐる回しつつ、さすがに疲れたと苦笑すると、シャルティは「お疲れ様です」とねぎらいの言葉をかけてくれる。

「なので、明日は手続きとかを知りたいので商業ギルドに行く予定です。物件も探さないといけないですから」

「それなら、テイマーギルドもいくつか物件を持ってますよ。見ますか？」

「え？　そうなんですか？」

テイマーギルドが不動産まで扱っているとは思わなかったので、太一は驚く。

「大型の従魔もいますからね、いくつか物件を持ってるんですよ。ただ、従魔と一緒に……という条件がほとんどなので、街の中心ではなく外壁近くか、郊外の物件ばかりですけど」

「へえ……」

フェンリルのルークは大きいし、今後はもふもふカフェに向けて従魔も増えていく予定だ。むしろ、街中よりも郊外のほうがありがたい。

（というか、街中で大忙しより、郊外でのんびり経営……のほうがいい）

商業ギルドの物件では、ペット――もとい従魔不可があるかもしれない。

「テイマーギルドの物件、見せてもらっていいですか？」

「もちろんです。いくつか探しておくので、また明日来てもらってもいいですか？」

「はい、ありがとうございます！」

こうして異世界初日は、順調すぎるくらいもふもふカフェのことが進んだ。


翌日になり、太一は物件を見せてもらう前に買い物を済ませてしまうため、ルークと一緒に街へ繰り出した。

すでに普段着は何点か購入し、あとは上着だけ。ルークの背に乗る可能性を考え、しっかりしたものを防具屋で購入する予定だ。

ドアベルを鳴らして防具屋に入ると、「いらっしゃい」といかつい店主が顔を出した。そしてルークを見て、動きを止めた。

「あ、すみません……外で待たせます」

「いや、大丈夫だ」

「ありがとうございます」

別に構わないというので、お言葉に甘えてルークと一緒に店内へ入る。

中にはメイルなどの重装備から、革鎧《かわよろい》や魔法使いのローブと幅広い商品が扱われている。手袋や鞄類の小物もあり、見ているだけでもワクワクする。

「すごいな、こういうのを着て戦うのか」

『なんだ、気になるなら買えばいいだろう』

太一がフルプレートを見ていると、ルークがそれにすればいいと言ってくる。まあ、確かに防御面だけを見れば優れているだろう。

「そもそもの話、重たくて俺には無理だ」

『貧弱だ……』

ルークの言葉は聞かなかったことにして、上着を選ぶ。前衛の戦士が着るようなものではなく、後衛職が着るようなものだ。

ある程度の動きやすさと、防寒性があればいい。

太一が悩んでいると、ルークが『あれにしたらどうだ？』とアドバイスをくれた。

「これか？」

深緑に茶色の縁取りがデザインされているジャケットで、腕の部分は大きく膨らんでいる。裏地と装飾にオレンジ色が使われているところは、とってもお洒落だ。

「肌ざわりもいいし、これにしようかな」

『その地味なペラペラの服より、断然こっちのほうがいいだろう！　オレの隣を歩くのだから、もう少しちゃんとしろ！』

「う……っ、はい……」

まさかフェンリルに服装でダメ出しをされるなんてと、太一は肩を落とす。

（ルークは裸なのに……）

けれどまあ、いいものが見つかったのでよしとしよう。


会計をするときに、店主が「テイマーなのか？」と話しかけてくれた。

「こんなでかいウルフを連れてる奴は、初めて見たぞ」

「大事な俺の相棒なんです。ウルフキングなんですけど、やっぱり珍しいみたいで……街を歩いているといろんな人に見られますね」

あははと笑いながら言うと、店主は頷《うなず》いた。

「そりゃそうだ。こんな強い魔物を見る機会なんて、そうそうないからな。……にしても、立派な毛並みだ」

『なんだこいつ、わかってるじゃないか！』

店主に褒められ、ルークの機嫌がよくなった。こいつちょろいぞと太一が思いつつ、ルークのことをもふもふする。

「今度、もふもふした魔物と触れ合えるカフェを作る予定なんです」

もしかしたらもふもふに興味があるのかもしれないと、太一はまだ見ぬもふもふカフェの宣伝をしてみた。

「ほお！　さわれるのか、それは興味深いな。開店したら、行ってやるよ」

「ありがとうございます！」

（やった、お客さんをゲットだ！）

この人ももふもふ好きになってくれたらいいなと考えながら、太一は店を後にした。


買い物が終わったので、今度はテイマーギルドに行って物件を紹介してもらう番だ。

『オレがくつろげるくらい大きな屋敷にするんだぞ』

「無茶言うな……」

ルークがいったいどれほどの物件を想像しているかは知らないが、屋敷というくらいだから王侯貴族が住むような居住を求めていそうだ。

誰が掃除をすると思っているんだと言いながら、太一はルークと一緒にテイマーギルドの受付へとやってきた。

「おはようございます」

「タイチさん！　おはようございます！」

テイマーギルドは、今日も人がいない。

（まあ、空《す》いてるから俺はいいけど……）

「何かいい物件ありましたか？」

「はい！」

太一が声をかけると、シャルティが三枚の用紙を取り出して見せてくれた。間取りや値段などが書かれている。

「ありがとうございます！」

さっそく確認すると、どれもカフェとして使えそうな物件だった。

「私的には、ここがおすすめですよ。テイマーギルドからも近いですし」

シャルティが指さしたのは、街の中心部にある建物だ。二階建ての物件で、一階部分を貸し出すことができるようだ。

周囲には飲食店や雑貨屋などもあり、人通りはかなりいい。

（ん〜、カフェをやるなら申し分はないけど……）

これから魔物を増やす予定だし、何より……街の中心だと人気店になって休む暇がなくなってしまうかもしれない。

飲食系統の店主がブラックになりがちというのは、よくある話で。

「……個人的には、もっと落ち着いた場所がいいですね」

「そうですか？　なら、街のはずれか、外壁から出たところにある物件がいいと思いますよ」

街の外れにある物件は、間取りを見る限り広そうな一軒家だ。

店舗部分も広いし、休憩室にできそうな部屋と、二階にも三部屋ある。

郊外にある物件も、同じく一軒家。

広さも同じくらいなのだが、違う点が一つある。

「この物件、庭がついてる……！」

「裏庭ですね。従魔の鍛錬などにも使えますし、井戸もありますよ」

「運動する場所は必要だと思っていたので、すごくいいです！」

太一が乗り気な返事をすると、シャルティは「ただ……」と言葉を続ける。

「ここは外壁の外なので、魔物が出る可能性もあります。もちろん、兵士や冒険者たちが多くいるので、そうそうそんなことは起きないと思いますが……」

「魔物か……」

しかし、太一には相棒となったルークがいる。

ドラゴンすら倒してしまうのだから、街の近辺に出てくるような、おそらく雑魚のスライムなんて敵ではない。

(うん、問題なさそうだ)

「ルークがいるので、大丈夫だと思います。ひとまず、物件を見せてもらってもいいですか？」

「はい、もちろんです！」


ということで、太一はシャルティに案内してもらって郊外の物件までやってきた。

街の門から歩いて約一〇分。


物件は二階建てで、温かみのある木造タイプ。

ところどころに蔦《つた》が絡んでいるけれど、それもまたファンタジーのいい味を出している。大きな窓からは中の様子を見ることもでき、もふもふカフェをするならちょうどいい。


太一は大きく頷いて、心の中でイイ！　と大絶賛だ。ルークは裏庭に駆けていき、『まあまあだな』とまんざらでもない様子。

「タイチさん、中をご案内しますね」

「あ、はい！」

裏庭を見たところで、シャルティから声がかかった。

中に入ると、店舗にするスペースに暖炉が設置されていた。冬につけたら、もふもふが暖を取ってそれはそれは可愛いのでは……と、想像してしまう。

特に猫ちゃんは暖かいところが大好きだ。

（いいぞ、最高だ……！）

奥に続くドアを開けると、キッチンになっていた。その横には小さな部屋があり、物置として使うこともできそうだ。

「ここは昔、食堂をしていたそうですよ。旦那さんがテイマーで、従魔と一緒に食材の調達をしていたとか」

「そうだったんですか。店舗として使いやすそうなので、飲食系かなとは思っていたんです」

本格的な料理メニューを提供するつもりはないが、軽食くらいは出せるようになりたいと思っていたのでありがたい。

太一が満足げに見ていると、ルークがじっと室内を見回した。

『ふん、狭いな。高貴なオレに、ここに住めというのか？』

「大丈夫、俺の故郷には『住めば都』っていう言葉があるんだ。きっとルークも気に入るよ」

『……ふん！　四六時中お前が近くにいるなんて、疲れるだけだ！』

と言いつつも、ルークの尻尾は嬉しそうに揺れている。

（このツンデレさんめ！）

そう思ったが、太一は考えるように首を傾げる。

（デレたことはないから、ツンツンか……？）

まあ、ルークはそれでも可愛いもふもふなので余裕で許してしまえるけれど。

「タイチさん、二階は居住スペースですよ」

シャルティに案内されキッチンにある階段を使って二階に行くと、リビングと簡易キッチン、一五畳ほどの部屋が一つと、六畳ほどの部屋が二つあった。

簡易キッチンなのは、料理関係をすべて一階で行っていたからだという。

（少し古くなってるところはあるけど、全然問題なさそうだ）

太一が満足そうにしていると、シャルティが説明をしてくれた。

「一ヶ月の賃料は、テイマーギルド所属であれば一〇万チェルです。購入もできますが、その場合はテイマーギルドランクをD以上にしていただく必要があります」

「賃貸で問題ないので、お願いしていいですか？」

「はい、もちろんです」

仮に購入可能なランクだったとしても、この世界に来てまだ二日目。嫌になって拠点をほかの街に移す可能性もあるので、今はまだ身軽でいたい。

（まあ、昨日見た感じだとよさそうな街だけど）

国で二番目に大きいというところも、不便なく落ち着けそうで気に入っている。王都だと、王族などもいるだろうし、あまり近づきたいとは思えない。

「それじゃあ、ギルドに戻って手続きをしましょう」

「お願いします」

物件を手に入れたので、これで、もふもふカフェに一歩近づいた。

（もふもふも増やさないとな！）

まだまだやりたいことは山積みだ。

閑話　とんでもないテイマーが現れた！

レリームの街の冒険者ギルドで受付嬢をして数年……もしかしたら、今までで一番びっくりしたかもしれない。

冒険者ギルドの受付嬢、名前はエミリア。年は二三歳。

驚いた理由は、ひょりろとしてまったく強そうではない人が、高ランクの魔物の素材を大量に持ち込んだことと、魔法の鞄《かばん》を持っていたこと。

受付嬢をしていても、あれだけ高ランクの魔物を一度に目にすることはそうそうない。

(でも、従魔がウルフキングだもんね……)

ああ見えて、きっとかなりの才能を持っているのだろう。


魔物の素材の買い取り額を用意したエミリアは、テイマーに渡しに行く前にギルドマスターの部屋の前へとやってきた。

魔物を持ち込んだテイマーはかなりの人物なので、ギルドマスターへ報告したほうがいい。そして可能であれば、冒険者ギルドでも活動してほしい。

そのためには、ギルドマスターから話をしてもらうのが一番いい。そう考えたからだ。

「ギルドマスター、エミリアです。少しいいですか？」

扉をコンコンとノックしてみるが、中から応答はない。

「…………」

ああ、嫌な予感がする。

エミリアはため息をつきたいのをぐっと耐え、「失礼します！」とギルドマスターの部屋の扉を開けた。

部屋の中は、予想した通り誰もいなかった。

ああああああと叫びたくなる。

「どこに行ったんですか、ギルドマスター！　せっかく高ランクテイマーを別室に案内することに成功したのに!!」

うちのギルドマスターは肝心なときにいない！　と、エミリアは泣きたくなる。

さすがに捜しに行くほど時間に余裕はないので、今回はあきらめるしかない。エミリアは肩を落としながら、ギルドマスターの部屋を後にして太一《たいち》の待つ別室へ向かった。


——そして、夜。

高ランクテイマーのことを、戻ってきたギルドマスターへ説明した。

「ウルフキングを従えたテイマー？　そんなすごい人がこの街に来てるの？」

「そうなんですよ！　なのに、ヒメリさんてばギルドにいないし!!」

エミリアは「会ってほしかったんですよ」と、ギルドマスター――ヒメリに熱く訴える。けれど、ヒメリは困った顔で肩をすくめた。

「だって私、ギルドマスターとか向いてないし……交渉したりするのなんて、すごく苦手だよ？」

「またそう言う！　ヒメリさんは魔法使いの職業を極めて、固有ジョブ『叡智《えいち》の賢者』に登りつめたすごい人なんですよ!?」

「でもぉ……。そういうお役所的なお仕事、私には向いてないもん」

そう言ったヒメリは、まだ一六歳のあどけない少女だ。

魔法の才能こそ抜きん出ているが、人の上に立つのは苦手だし、自由に冒険をしたい……そんなお年頃。

そもそもヒメリが冒険者ギルドのマスターをしてるのだって、高ランク冒険者が上に立っていると何かと都合がいいからだ。別に、ヒメリの意思ではない。

そのため表だってギルドマスターの仕事をしていないので、ヒメリの顔を知っている人間は思いのほか少ない。

「……せっかくすごい才能をお持ちなのに」

エミリアの言葉を聞いて、ヒメリは頬《ほお》を膨らませる。自分をギルドマスターにした国王に恨みを抱いてしまいそうだ。

憧れてくれているのは、嬉《うれ》しいけれど。

「でも、ウルフキングを従えてるっていうのは気になるかも」

「そうですよね!?　ぜひ、冒険者ギルドで活動してもらえるようにお願いしてください！　素材として持ってきてくれた魔物も、どれもいいものばかりでした！」

興奮しているエミリアに、ヒメリはため息をつく。

そりゃあもちろん、強いテイマーという存在には興味がある。今まで、それほど活躍しているテイマーがいなかったからだ。

そのため、冒険者からすれば、戦力というよりも、大型の魔物に荷物を運ばせたりできて便利……くらいの認識かもしれない。

「…………」

ヒメリはエミリアの話から考えて、やっぱりギルドマスターとして彼に声をかけることはしない方針にした。今、決めた。

「この件は終わり！」

「ええっ、どうしてですか!?」

「だって私は嫌だもん」

高ランクだからといって、しつこく何かを頼まれるのはいい気分ではない。ヒメリは、それを身をもって体験している。

「それに、しつこく声をかけたら、この街から出てっちゃうかもしれないよ？　高ランクテイマーなら、どこに行ってもやっていけるだろうし」

正論を突きつけられて、エミリアは言葉に詰まる。

「うぅぅ……出ていかれたら、困ります」

それは確かにそうなのだけれど、ギルドマスターとしてその判断はよろしくないのではないだろうか。

(でも、ヒメリさんってそういう人だもんね……)

この冒険者ギルドのギルドマスターではあるのだが、運営にはほとんど口を出してこない。本人曰《いわ》く、自分は名前を貸しているだけだから……ということらしい。

その代わり、不測の事態……たとえば脅威的な魔物が出現したときや、冒険者同士のトラブル解決などには積極的に協力してくれる。

それもあり、普段ヒメリは自由にしていてギルドにいないことが多い。

「高ランクテイマーが街にいてくれるのは力強いし、今はそれでいいじゃない」

「……そうですね。じゃあ、私はもう上がるので失礼します」

「うん。お疲れ様!」

ヒメリは手を振り、エミリアを見送った。


自分ももう少ししたら帰ろうと考えながら、ヒメリはお茶を淹《い》れる。

「それにしても、テイマーかぁ」

ウルフキングは以前倒したことがあるけれど、強敵で、とてもではないがテイムできるようには思えなかった。

(それを従えちゃうなんて、すごい)

固有ジョブを得ている自分ですら脅威だと感じるウルフキング。それを常日頃から、共に連れているというのはどんなものなのだろう。

——まったく想像がつかない。

「テイマーだけど、もしかして私みたいに固有ジョブ持ちかな?」

かなり高確率でそうだろうなと、ヒメリは考える。

正直、普通のテイマーがウルフキングをテイミングできるか? と考えたら……申し訳ないがヒメリは無理だと思うのだ。

「でも、ウルフキングと一緒の割にはあんまり騒ぎになってないなぁ」

街中であんな恐ろしい魔物を見たら、誰もが一目散に逃げてしまうだろうに。そう思い、ああそうかとヒメリは一人納得する。

「普通の人は、殺気立ったウルフキングを見たことがないんだ」

テイミングされていて、街に入ることを門番に許可されているのなら……きっと落ち着いた状態なのだろう。

「ちょっと見てみたいかも」

でもそのテイマーは冒険者ギルドで登録をしたわけではないので、簡単には会えないかもしれない。

やっぱり昼に会えてればよかったのかな? そう思いつつも、ヒメリは首を振る。

（駄目だめ、それはやっぱり私の思うところじゃないし）

身分が上の相手からされるお願いほど、嫌なことはない。

「街で見かけたりできないかなぁ」

それならば、『ギルドマスターのヒメリ』ではなく『冒険者のヒメリ』として会うことができる。

「かといって捜し出すのは違うもんね」

それでは、エミリアが言ったことと同じになってしまう。

「う〜ん、ままならない。でも、仲良くなりたいなぁ」

偶然に期待しようと思いながら、ヒメリはゆっくり紅茶を飲んだ。

4 店員確保大作戦

テイマーギルドで借りた物件は、掃除などを行ってもらい引き渡された。対応が早く、太一《たいち》としては大満足だ。

まだ家具などがないので、住み始めるのは準備が終わってからになる。カフェ作りというとても楽しそうなことを前に、太一は早く物件に行きたくて仕方がない。

ということで、さっそく新居へやってきた。


がらんとした店舗で、太一は「やったー！」と声をあげる。

「しかし、こんなに早く念願のカフェを手に入れられるとは思わなかった……」

『俺が狩った魔物のおかげだな！』

ルークが言う通り、資金は魔物の素材を売ったお金だ。太一は大きく頷《うなず》いて、ルークの首まわりをもふもふ撫《な》でる。

「ありがとう、ルーク！」

『こ、こらっ！　気やすくさわるんじゃない!!』

と言いつつも、ルークの尻尾は嬉《うれ》しそうにぶんぶん揺れている。

（このツンツンさんめ〜〜！）

実は嬉しいということがわかっているので、太一は遠慮せずルークを撫でて褒め、ちゃっかり自分もその麗しい毛並みのもふもふを堪能する。

「すーはー、すーはー……」

『匂いを嗅ぐな!!』

「まあまあ」

いつもよりハイテンションになっている太一に、戸惑っているようだ。ルークが『こら!』と吠《ほ》えるも、どうにも太一の嬉しそうな表情は変わらない。

太一はひとしきりルークをもふもふして、「よし」と店舗になる部分を見回した。

「まずは生活用品をどうにかしないとだな」

『ああ、買いに行くのか?』

「それなんだけど……スキルを使って作ろうと思ってるんだ」

『なに?』

本当に申し訳ないことこのうえないのだが、街の家具屋を見た限り……正直に言って、質が物足りないのだ。

アンティークと言えば聞こえはいいかもしれないけれど、やはりもふもふたちに快適な空間を提供してあげたいのだ。もちろん、自分の生活にも。

「俺には【創造(物理)】っていうスキルがあるから、それを使う!」

今まで使う必要がなかったが、家具などを作れるならどんどん使っていきたい。

『そんな便利なスキルがあるのか？　聞いたことないぞ……』

「俺の固有スキルだからな。よーし、まずは試しにテーブルを【創造（物理）】！」

太一がスキルを使うと、脳内に3Dモデリングのようなポリゴンが浮かんできた。おそらく、それができあがりのイメージ映像なのだろう。

（うわ、これで物を作る仕組みになってるのか……）

ひとまず深呼吸をし、太一はお洒落《しゃれ》なカフェにあるテーブルを思い浮かべる。

（店の中央に、大きな円テーブル。高さは低めで、脚の部分は猫足のデザイン。木材を使った柔らかいもので、色はナチュラル）

太一が具体的に想像すると、脳内に浮かんでいたモデリングがリアルなものになった。

「よし、これでオーケー！」

太一が閉じていた目を開くのと同時に、室内の中央に大きな円テーブルがドーンと設置された。

猫の神様が授けてくれた固有スキル、【創造（物理）】。

名前の通り、太一が頭の中で思い描いたものを現実のものとして作ることができる。

「おお、すごい！」

『まさかこんなスキルが本当にあるとは……とんだ規格外だ』

イメージと寸分違わぬテーブルに、太一のテンションはどんどん上がっていく。

「よーし、もふもふカフェに必要不可欠なものといえば、ゆっくりできるスペース！　柔らかいビーズクッションを【創造（物理）】！」

先ほどと同じように脳内でビーズクッションを思い浮かべ、スキルで作る。

すると、茶色の大きなビーズクッションができあがった。ルークでも使えるようにしたため、特大サイズだ。

「どうだ？　ルーク」

さわってみるように促すと、ルークは前足でちょんとビーズクッションに触れた。

『むっ！　これはなかなかいいではないか……!!』

すぐにルークが寝転がった。

よほど気に入ったようで、ごろごろしながらそのもちもち感を確認している。その表情は、とろけそうなほど幸せそうだ。

ごろごろごろ……。

（なんだこの可愛《かわい》い生き物は……）

ツンツンで俺様で若干中二病っぽいところはあるが、こうやって見ているとただただ癒《いや》しが広がっていく。

寝室にも置いてあげようと決めて、太一はほかの家具の製作も進める。

「あと必要なのは、小さめのテーブルと、椅子と、クッション。棚もあったほうがいいよな……【創造（物理）】っと」

はやくも手慣れてきた太一は、どんどん家具を作っていく。もちろん、もふもふたちが休めるお客さんから見えないスペースも設置した。

そして忘れちゃいけないのが、もふもふが遊ぶためのおもちゃだ。

猫はいないけれど、とりあえず猫じゃらしも作っておく。それからボールに、ぬいぐるみ。音が出るものと出ないものと、二種類。

そして壁にはキャットタワー！　さらに中央に置いた大きな円テーブルの中心には小さなもふもふが上れるお洒落可愛い螺旋《らせん》階段を設置！

最後に、窓にレースのカーテンをつけて完成だ。

「ふー、いい仕事をした！」

できあがった店舗部分を見て、太一はにやにやを止められない。

まだもふもふはルークしかいないけれど、猫や犬といった種類の魔物が増えることを考えると心が弾む。

そしてふと窓の外を見ると、どっぷりと暗くなっていた。家具の製作に夢中になっていたら、いつの間にか夕方になっていたようだ。

「細部までこだわったからなぁ……」

まあ、その分いいものができたのでよしとしよう。

『……なんだ、帰るのか？』

ルークがくあとあくびをして、ビーズクッションから起き上がる。どうやらすっかり虜《とりこ》になって、太一が作業している間はずっと寝ていたようだ。

「あんまり遅くなると、シャルティさんが心配するかもしれないしね。今日は帰って、明日は居住スペースの家具を作ろう」

『わかった』

早くもふもふカフェを開店したい。そう思いながら太一はテイマーギルドへと帰った。


そして翌日、住居分の家具なども創造した。

これで快適に暮らすことができるだろう。細かい雑貨類まで創造するのは大変だったので、そこはお店に行っていろいろ購入した。

ちなみに、二階にある一番広い部屋を太一とルークの寝室にした。柔らかベッドと、ルークの寝床として巨大なビーズクッションを設置してある。


ルークが室内をうろうろし、『ふむ』と唸《うな》る。

『まあまあいいんじゃないか？　オレ様が暮らすには、少々手狭ではあるが……このビーズクッションに免じて許してやろう』

「はは、気に入ってもらってよかったよ。——あ」

『ん？　どうしたんだ？』

「大事なものを忘れてたと思って」

太一はルークを連れて、居住スペースの二階から店舗スペースの一階へと下りた。

「ここはもふもふカフェなのに、お店の看板がないだろ？」

『なんだ、そんなことか……』

「いや、大事なことだろ!?」

外に出て、外観を確認する。ドアには何もついていないので、ドアベルもさくっと創造しておく。

（よしよし、いい感じだ）

「疲れを癒せるような、そんなカフェにしたいから――【創造（物理）】」

脳裏で看板を思い浮かべ、それを形にする。

すぐに、太一の目の前に立て看板ができあがった。せっかくなのでルークの横顔をモチーフにしたロゴを入れた、愛らしく凛々《りり》しい看板だ。

そこに書かれた店名は、『もふもふカフェ』。

一緒に、『安らぎと癒しの空間を』という一文と、お茶のイラストが添えられている。これならば、ここがカフェだということがわかるだろう。

営業時間は一一時〜一七時。

（のんびりカフェだから、長時間営業は絶対しない！）

過労駄目、絶対。

前世と正反対なことをして、ホワイトに徹する所存だ。

「とはいえ、勝手に営業を始めるのは駄目だよな。商業ギルドがあるから、そこに行ってみるか。ルークはどうする？」

もしかしたら、かなり時間がかかってしまうかもしれない。そのことを伝えると、ルークはげんなりした表情になった。

『長ったらしい説明を聞くのか？　オレはビーズクッションで昼寝でもしている』

太一が想像していた答えが返ってきて、思わず苦笑する。

「わかった。じゃあ、ちょっと行ってくるな」

『ああ』


留守番をしてくれるルークを置いて、太一はさっそく商業ギルドへやってきた。

冒険者ギルドと同じくらい混んでいたが、こちらはカウンターが細分化されているようで、比較的スムーズに人が回っている。

太一は『新規の届け出』と書かれているカウンターへ行った。

「いらっしゃいませ。ご用件を承ります」

「こんにちは。テイマーのタイチ・アリマといいます。従魔と触れ合えるカフェを経営したくて相談に来たんですが……」

「従魔……魔物と、ということですか？」

受付嬢は太一の言葉を正確に受け取るも、不思議そうに首を傾《かし》げた。

（く……誰ももふもふの素晴らしさをわかってくれないのか……!!）

しかし、今はまだ耐えるべきときだ。もふもふカフェを正式にオープンすれば、誰もが虜になってしまうことは間違いない。

「そうです！　魔物といっても、毛がもふもふで柔らかくてさわり心地のいい魔物なんです。疲れた心も癒されて、人間には必要なんですよ」

太一が力いっぱい返事をすると、受付嬢はくすりと笑った。

「不思議なことを考えるものですね……。そこまで言われたら、もふもふカフェに興味が湧いてきます」

「本当ですか!?　嬉しいです！」

彼女たちのように、受付や事務仕事に追われている人たちにはぜひ癒されてもらいたい。もふもふカフェに、少し希望の光が見えたような気がする。

受付嬢は「さて」と微笑《ほほえ》んで話を続けた。

「テイマーでしたら問題ありません。実際、従魔を仕事で使っている人はいますから。例を挙げると、重い荷物の運搬などですね」

「あ、そうだったんですね」

一番懸念していた、魔物を使ってカフェを開くという部分をあっさりクリアすることができて、ほっと胸を撫でおろす。

「ただ、条件があります」

「条件？」

「はい。狩りなど戦闘を行う分には問題ないのですが、人間と関わる仕事に従事する際はテイマーギルドへ魔物の登録が必須となります」

テイミングしているというのは大前提だが、口ではどうとでも言うことができる。商業ギルドとして管理することを考えると、当然のことだろう。

これはあとでシャルティさんに相談すればいい。

「わかりました」

「ご理解いただきありがとうございます。では、税金に関する説明をさせていただきますね。店舗の場所と、個人か商会かでも変わってきますが……」

「個人ですね。店舗は、街の郊外の物件をテイマーギルドで貸してもらいました」

「かしこまりました」

太一の説明を聞き、受付嬢は「順調ですね」と書類を取り出した。それには、個人営業をしている人向けの説明が書かれていた。

個人営業の場合、税金は三パターンある。

街の中心の場合、売り上げの15％を税金として納める。

街の中心以外の場合、売り上げの10％を税金として納める。

街の郊外の場合、売り上げの５％を税金として納める。

太一は街の郊外でカフェをするので、税率は５％だ。


（お〜、結構良心的じゃないか？）

サラリーマンだったので自営業のことはわからないが、高くないというのはなんとなくわかる。

それに、場所によって税が固定になっているというのも計算しやすくていい。

毎月商業ギルドに納めることになるので、それだけ忘れないようにとのことだ。

「すぐに開店するんですか？」

「そうですね、もう整って――」

そこまで言って、太一はハッとする。

「？」

「いえ、あの……もう少し準備が必要でした」

「そうでしたか。では、開店日が決まりましたら、またここのカウンターに来てください」

「はい」

受付嬢にお礼を言って、太一は急いでもふもふカフェ――もとい、家へ向かった。

さすがに、街中から郊外までというのはダッシュし続け……られなかった。体力がないので、運動もしようと心に誓う。

何度か歩いて走ってを繰り返し、太一は家へ帰ってきた。

勢いよくドアを開けると、先ほど作ったドアベルがカランと鳴る。それを聞き、ビーズクッションで気持ちよく寝ていたルークが目を覚ました。

まだ顔が眠たそうだ。

『くあぁ……孤高のフェンリルの眠りを人間ごときが妨げるとは――どうしたんだ、タイチ』

いつもの中二病のような台詞《せりふ》を言おうとしたルークが、息を切らしてあわあわしている太一を怪《け》訝《げん》な顔で見つめる。

何かあったということは、一目瞭然だ。

「大変だ、もふもふカフェを開店するための――もふもふが足りなかった!!」

このカフェにいるもふもふは、ルークだけだ。

『そんなことか』

「いやいや、俺にとっては重要なことなんだぞ!?」

せっかく店舗ができたのに、もふもふがいなければもふもふのよさを人に伝えることができないじゃないか。

太一がそう言うと、ルークがふんっと鼻で笑う。

『それならテイムすればいいだろう、お前はテイマーなんだから』

「……なるほど！」

もふもふがいないなら、テイムしてしまえばいいじゃない。ということで、太一はルークとテイマーギルドへやってきた。

どこかに、いいもふもふが棲息《せいそく》していないか聞くためだ。

「もふもふした魔物の情報、ですか？」

「はい！　街のみんなが親しみ深ければ深いほどいいです！」

「親しんでいるかと言われたら疑問ですが、南西の草原に『ベリーラビット』がいますよ。駆け出しの冒険者が狩る魔物ですね」

シャルティの説明に、太一はテンションが上がる。ラビットということは、間違いなく可愛らしいうさぎさんだ。

猫でないのが残念だが、致し方ない。

「ありがとうございます、さっそく行ってみます!!」

「ルークを連れているタイチさんなら、もっと強い魔物もテイムできそうですが……まあ、カフェのためですもんね。頑張ってください」

「はい、いってきます！」

苦笑しながら手を振るシャルティに見送られ、テイマーギルドを後にした。


そしてやってきました、街から南西にある草原。

ここを抜けると森があり、入り口付近までは駆け出しの冒険者が狩りでよく使うエリアらしい。

『オレにかかれば問題ないが、ベリーラビットはすばしっこい魔物だぞ。タイチにテイムできるのか？』

なんならオレが捕まえてきてやろうかと言うルークに、太一は丁重に断りを入れる。

(ルークが捕まえるとか、逆に噛《か》み殺しそう!!)

失礼かもしれないが、マジでそう思ってしまうのだから仕方がない。ここはこっそり背後から近づき、一気にテイムする作戦だ。

そんなことを考えると、背後の草が揺れて『みっ！』と可愛らしい鳴き声が聞こえた。

「うん……？」

太一が振り返ると、一匹のうさぎがいた。

愛らしいタレ耳で、そのつけ根からは蔦《つた》が生え、小さな木苺《きいちご》がなっている。毛はさわるまでもなくふわふわしていて、その可愛らしさに太一は天に召されそうになった。

「これ、ベリーラビット……だよな。なんか頭から苺がなってるし」

てっきり警戒心が強いとばかり思っていたけれど、そんなことはなかったようだ。白色のベリーラビットはとことこ太一の前までやってきた。

（かわゆい……）

太一がベリーラビットと触れ合えるようにしゃがむと、小さな手をぽんと太一の膝へのせてきた。

『むぅ……？　ベリーラビットは警戒心が強く、こんな近くに来ることはないはずだが……』

ルークが言った言葉を聞いて、太一はそういえばと自分の職業を思い出す。『もふもふに愛されし者』なので、もふもふなベリーラビットが寄ってきてくれたのだろう。

もふもふに愛されし者、最高！　と、太一は涙する。

「よーし、【テイミング】！」

『みっ！』

ベリーラビットが太一に飛びついてきたので、それを受け止める。すると、柔らかな毛が頬《ほお》をくすぐった。ルークの毛並みもいいが、ベリーラビットもたまらない。

「テイムしたら名前をつけるんだったよな。白くて可愛いから、【マシュマロ】だ！」

『みーっ！』

太一が名前をつけてやると、マシュマロは嬉しそうに耳を揺らす。どうやら気に入ってくれたようだ。

「俺には会話スキルがあるから、話ができるのかな？」

『みー？』

「あれ？」

なぜか意思疎通ができず、太一は思わずルークを見る。

『ベリーラビットは知能が低いから、はっきりとした言葉はわからないぞ。まあ、根気よく話しかければ覚える可能性もあるが……』

「ああ、なるほど……。ルークは本当に優秀なんだなぁ」

太一は近くに来たルークの首まわりに手を伸ばして、ぎゅっと抱きしめる。

（あ～～もふもふ～～）

『こ、こらっ！　オレをそんな簡単にもふもふするんじゃない!!』

「『孤高のフェンリルだぞ！』」

『――っ！』

「さすがにあれだけ言われたら、俺だって覚えるって」

太一がそう言うと、ルークは赤くなりつつも尻尾を振った。恥ずかしさもあるが、自分のことが理解されていたのが嬉しかったのだろう。

あと、ベリーラビットと同じように構ってもらえたことも。

太一、ルーク、マシュマロで笑っていると、再び草がガサリと揺れてベリーラビットが顔を出した。しかも今度は二匹だ。

「お、やった！　【テイミング】【テイミング】っと！」

すぐにスキルを使って、ベリーラビット二匹のテイムに成功する。

「ベリーラビットって、いろんな色がいるんだな。茶色の子は【カリン】で、白と黒のブチは【モナカ】だ！」

『みぅ』

『み〜っ』

二匹とも与えられた名前が気に入ったようで、太一に擦り寄ってくる。一気にもふもふ天国ができあがってしまった。

「ああ、最高だ……」

『みっ』

ベリーラビットも太一が大好きなようで、大はしゃぎだ。

すると、再び草が揺れてベリーラビットが顔を出した。どうやら、もふもふであるベリーラビットたちが愛すべき太一を見つけて駆け寄ってきたみたいだ。

「よーっし！【テイミング】【テイミング】【テイミング】!!」

一気に三匹、テイムをして名前をつける。

『いったい何匹テイムするつもりだ……』

ルークが呆《あき》れるも、自分に駆け寄ってくるかわゆいうさぎをテイムせずにいられようか？否《いな》!!

そしてまた、ガサリと草が揺れる。

「っ、【テイミング】！」

どうやら太一のテイムはしばらく続きそうだと、ルークはため息をついた。

無事にもふもふカフェの店員であるベリーラビットたちをテイムし終え、太一たちは街へ戻った。

ベリーラビットが一列になり、『みっ』『みっ』『みっ』と鳴きながら太一の後ろをついてくるのはとても可愛い。

今回はテイマーギルドカードがあるので、街にもスムーズに入れる……はずだった。

「な、なんだその大量のベリーラビットは!!」

門番の兵士にめちゃくちゃ驚かれたうえに止められてしまった。

テイマーという職業がある世界なのだから、そこまで驚かなくても……と内心思いつつ、太一はギルドカードを見せる。

「テイマーで、一緒にいるウルフとベリーラビット一〇匹は従魔です。従魔なら、街へ入れても問題ないですよね？」

それは前回ルークと一緒に街に入ったのでわかっている。しかも今回は、ルークより圧倒的に弱いベリーラビットだからなおのこと。

しかし、門番は口元をひくつかせている。

「もちろん従魔であればいいんだが、テイムできる数はスキルレベルに依存するんじゃないのか……？」

「えっ……」

門番の言葉に、太一は一瞬固まる。

(俺のスキルレベル、全部レベル無限なんだけど……)

確かにレベルがあるのだから、レベルによって何かしらの違いがあるとは思っていた。

(スキルの成功率か何かだと思ってたけど……)

どうやらテイムできる魔物の数もスキルレベルに比例していたようだ。

「えーっと、弱い魔物だから、そこまですごいことじゃないですよ？」

——と、とりあえず苦し紛れの言い訳をしてみた。

「そ、そうか……？　でもまあ、俺もどのレベルで何匹テイムできるとか知らないからな……こんなもんなのか？」

「そうそう、そんなもんですよ。弱い魔物をテイムして、いつの間にかレベルが上がってたのかもしれませんし」

「まあ、一理あるか」

太一の苦しい説明にもかかわらず、門番は納得するように頷いた。そのことに安堵《あんど》し、太一はテイマーギルドへと向かった。

そして同じようにシャルティに驚かれつつも従魔として登録をし、商業ギルドでカフェを始める旨を伝えて家へ帰ってきた。


『いいか、新入り。このビーズクッションはオレのだからな』

『みっ』

『み！』

カフェに戻るとすぐ、ルークがビーズクッションに寝転んだ。よほどお気に入りだったみたいだ。

「すっかりルーク専用になってるな……。いいけど」

『これは最高だからな！』

ふふんと鼻を鳴らすルークに、太一は笑う。

「気に入ってもらえたなら、嬉しいよ」

テイムしているからか、ベリーラビットもカフェスペースでのんびりくつろいでくれている。

ルークと同じようにクッションで寝ているのもいれば、元気に走り回っている子もいた。

(うんうん、みんな可愛いぞ)

これなら、いつカフェを開店しても問題はない！——と言いたいところなのだが、あと一つ足りないものがある。

それは、カフェで提供するメニューだ。

ただ、問題が一つ。

この世界のお茶の種類が少ないということ。いや、少ないというよりは、高級品の部類に含まれているといったほうがいいだろう。

安価なものもあるが、味が……まあ、残念なのだ。

なので、この世界では水と果実水、もしくは酒類がメインになっている。

「癒しのカフェの飲み物が不味《まず》いのは、俺が許せない……！　ということで、とっておきのスキルを発動する……!!」

いくつかある固有スキルで、まだ使っていないものがある。

「よーし、スキル【お買い物】!!」


猫の神様が授けてくれた固有スキル、【お買い物】。

太一が助けた猫の神様に、日本でのお使いをお願いすることができるとんでもないスキルだ。

すると、太一の目の前に一枚のメモ用紙とペンが現れた。そこには『お使いリスト』と書かれていて、丸印が五個あった。

どうやら、五個までお使いを頼めるようだ。

「えーっと、粉を溶かすだけの煎茶、アールグレイのティーバッグ、インスタントコーヒー、クッキー、チョコレートっと」

ひとまずのメニュー作りとしては、これくらいあれば十分だろう。余裕ができたら、コーラやオレンジジュースなども増やしていきたい。

「最終的にはドリンクバー？　は、さすがに難しいか」

なんて言って笑っていると、持っていたメモ用紙とペンが消えた。

(猫の神様のところにいったのかな？)

初めて使ったので、いまいち使い勝手がわからない。一分ほど待ってみるも、何も変化は起こらない。

待っているだけではあれなので、メニューを作ることにした。

「メニューを【創造（物理）】っと」

テーブルの上に置く個別のメニューだと、もふもふたちのおもちゃにされてしまうことがある。

そのため、壁掛けを一つだけ作る。

レジにするカウンターの横の壁に、動物の形の看板が設置された。

メニュー
・飲み物　七〇〇チェル
　お茶　ＨＯＴ／ＩＣＥ
　コーヒー　ＨＯＴ／ＩＣＥ
　紅茶　ＨＯＴ／ＩＣＥ

・お菓子　三〇〇チェル
　　クッキー
　　チョコレート

メニューはとてもシンプルになってしまったが、太一が一人で経営するのだからこれくらいがちょうどいい。

すると、タイミングよく太一の目の前に買い物袋が現れた。中を見ると、さっきのお買い物メモに書いておいたものが入っている。

レシートも一緒に入っており、日本円の会計二八〇〇円の横に二八〇〇チェルと書かれていた。

「どうやって渡せばいいんだ？」

そう思いつつ財布からお金を取り出すと、すっと消えてしまった。どうやら、猫の神様が回収してくれたようだ。

「えーっと、ありがとうございます！　神様！」

太一がそう言うと、どこからか『にゃー』と聞こえた気がした。


準備が整ったので、今日から自宅兼カフェで暮らすことをシャルティに伝えた。「絶対に行きます！」と言ってくれたので、きっと近いうちに会えるだろう。

店舗と二階の居住スペースとトイレ、洗面は問題ないのだが、この物件……なんとお風呂がないということに気づいた。

テイマーギルドの宿泊施設も同様で、桶《おけ》にお湯を用意してもらってタオルで体を拭くだけだった。

お風呂があるのは、王侯貴族やお金持ちの家だけだ。


『それはもう嫌だ!!』

「だからって、綺麗《きれい》にしなきゃ駄目だろ」

裏庭の井戸の前で、太一とルークは攻防を繰り広げていた。

体を洗う、洗わない問題だ。

ルークは森で生活していたこともあってか、石鹸《せっけん》で体を洗われるのを嫌う。

太一と出会う前は、時々水浴びをしていたらしいが、これからはもふもふカフェの一員になるのだから綺麗にしてもらいたい。

『みっ』

『みみ〜』

「お前たちは偉いな〜」

ベリーラビットはルークと違い、大人しくその体を洗わせてくれている。

それを見たルークが、『ぐぬぬ……』と唸った。どうやら、ベリーラビットにできて自分にできないことが悔しいらしい。

結果、ちゃんと洗わせてくれた。

（ベリーラビットには負けられないよな、可愛いぞルーク……）

「……今はいいけど、冬になったら水洗いってわけにはいかないよな」

というか、太一だって温かい湯舟につかりたい。

裏庭を見回し、どうにかお風呂を作れないだろうかと考える。スペースがあれば、スキルを使ってどうにかできるかもしれない。

この世界は日本の賃貸と違って、家に手を加えても問題はないとシャルティが言っていた。ただ、増築したとしても出ていくときに金銭をもらえたりはしない。

「離れのお風呂を【創造（物理）】！」

すると、すぐに小さな小屋ができあがった。

『なんだ、それは？』

『みみ？』

『み～』

「めちゃくちゃいいものだよ」

ルークたちを引き連れてドアを開けると、簡易脱衣所ができていた。浴室に行くと、広めの浴槽が用意されている。その横には、浅めに作られた魔物用の浴槽。

太一の創造で作ったからなのか、きちんと蛇口も設置されている。

（……どこに繋《つな》がってるんだろう？）

さすがに配管までは創造できなかったが、水……もとい、お湯はちゃんと出るんだろうか？　おそるおそる蛇口をひねると、お湯が出てきた。

「仕組みは……いや、考えるのはやめよう」

きっと猫の神様の力でどうにかなっているに違いない。

『む、湯が出たのか？　何をするつもりだ』

「これはお風呂だよ。すごく気持ちいいから、入ってみたらどうだ？」

『……風呂か』

ルークはどこか興味津々にしているが、今一歩勇気がでないのか足を踏み出せないでいるようだ。

その横で、なんの問題もないと言わんばかりにベリーラビットたちがお風呂の中に飛び込んでいった。

『何っ!?』

『みっ!?』

『み〜っ！』

どうやら気持ちよかったようで、一〇匹ともにはしゃいでいる。

『こら！　先輩のオレより先に入るとは何事か!!』

負けられないと思ったのか、すぐさまルークもお湯の中に飛び込んだ。その意気込みを先ほども見せてほしかったものだ。

『むむっ！　これは……はあぁぁ』

思いのほか気持ちよかったようで、ルークはふにゃりと顔をとろけさせた。いつものキリッとしている孤高のフェンリルはもうどこにもいない。

『なるほど、これはなかなかいいな！　やはり、オレのような崇高なるフェンリルに冷たい水など似合わなかったのだ』

いつの間にか頭にタオルをのせて、お風呂を堪能している。

「気に入ってくれてよかったよ」

『んむ。お前は変な奴だが、これはなかなかにいいぞ！　毎日オレのために用意しておくように！』

「はいはい」

どうやら、本当にお気に入りになってしまったようだ。

(井戸で体を洗うのはあんなに拒否してたくせに)

笑いながら、せっかくだしと太一も隣の湯舟につかることにした。

「はあ、気持ちいい……」

すると、ルークが『ずるいぞ！』と言って人間用に作った太一の風呂に入ってきた。確かに、ルークの大きさを考えると浅瀬の風呂では体に合っていない。

肩までつかることのできたルークは、『おおおぉ』と感嘆の声をあげた。

(よっぽど気持ちいいんだな……)

こんな姿を見せられたら、毎日お風呂を用意するしかない。

犬って毎日お風呂に入れていいのだろうか？　という疑問が浮かんだけれど、ルークは動物ではなく魔物なので、問題はないのだろう。


お風呂から上がると、時間は朝の九時。

今日はもふもふカフェ開店初日だ。

上手《うま》くいくかはわからないけれど……別に売り上げ目標があるわけではない。のんびり、癒しの空間を作れればそれでいい。

創造のスキルでカフェのエプロンを作り、いざ開店だ。


「よーし！　マシュマロ、お前がベリーラビットたちのリーダーだ。しっかりやってくれよ」

『みっ！』

太一がお願いすると、マシュマロは嬉しそうに飛び跳ねた。正確な意思疎通はできないけれど、言いたいことはちゃんとわかってくれるらしい。

「お客さんが来たら、一緒に遊んでくれ。もちろん、嫌だったら自分たちの好きなようにしていていいぞ」

もふもふたちは、気まぐれでいい。

無理に愛想よくしろなどと、太一は言うつもりはない。

――と、意気込んだものの……数時間経過したがまったくお客さんが来る気配はない。

（まあ、告知も何もしてないからな……）

商業ギルドで届け出をしたので、新店舗として知らせが出ているだろうが、それくらいだ。

太一は猫の神様のおかげで比較的楽にもふもふカフェオープンにこぎつけたが、普通だったらもっと時間がかかる。

それを考えると、恵まれている。

「悩んでも仕方ない。ここは郊外だし、ちょっとずつお客さんが増えることに期待しよう！」

ということで、今日は太一がもふもふされて癒されることにする。

そして気づく――もしや、これはもふもふカフェを自分が貸し切っているのと同じでは？　と。

そう考えてしまえば、あとはもうただただ楽しい天国だ。

しかしそれも、終わりを告げる。

夕方に差し掛かったころ、冒険者のパーティが初めてのお客様としてやってきた。

もふもふカフェにやってきたのは、三人組の冒険者。ところどころ擦り傷などがあり、戦った後なのだろうということは太一にもすぐわかった。

「いらっしゃいませ」

太一が迎え入れると、三人は不思議そうに店内を見渡した。そして最初に口を開いたのは、先頭にいた男性。

「街に帰る途中に偶然見つけてさ。カフェだから、少し休憩していこうと思ったんだが――」

「グリーズ、ベリーラビットとウルフがいる！　あなたも離れて‼」

後ろにいた女性が突然声を荒らげ、ルークとベリーラビットに向けて弓を構えた。冒険者ゆえの、条件反射だったのかもしれない。

「ちょ、待ってください！　この子たちは、俺の従魔です！」

「――え？」

太一が慌てて両腕を広げてルークたちを庇《かば》うと、女性は弓を下ろした。

「そ、そうだよね……こんなところに魔物がいるわけないもんね、ごめん」

「いえ。こんな風に従魔がいるのは珍しいみたいですから、仕方ないですよ。でも、次はありませんからね」

「うん、もちろん。でも……ここはカフェじゃないの？」

どうして従魔がいるの？　と、不思議そうにしている。

「ここはもふもふした可愛い魔物と触れ合える、『もふもふカフェ』です」

まあ物は試しにと、太一が「どうぞ」と三人に店内の奥を勧める。

「俺はタイチです。実はここ、今日オープンしたばっかりで……あなたたちが最初のお客さんなんですよ」

少し照れたように言うと、「それは光栄ね」と女性が笑顔を見せた。

「私はハンターのニーナ。こっちはグリーズとアルル。三人でパーティを組んでいるのよ」

「よろしく」

「ごきげんよう」


どこか警戒していたが、すっかり笑顔になったハンターのニーナ。

バンダナをつけた茶色のボブヘアーにオレンジの瞳。すらりとした体型と、動きやすそうなホットパンツスタイルだ。

先ほどと打って変わり、楽しそうに店内を見回している。パーティのムードメーカー的な立ち位置なのだろう。


がっしりとした体のソードマン、グリーズ。

ツーブロックの髪型と、青色の瞳。大きな盾を持っていて体はいかついけれど、纏《まと》う雰囲気は穏やかだ。

そわそわしながらベリーラビットたちを見ているので、もふもふ好きなのかもしれない。


第一声からお嬢様を感じさせる、アルル。

綺麗な蜂蜜色の髪をツインテールに、強気な黄緑色の瞳。赤と白のローブを身に纏い、長杖《ちょうじょう》を持った魔法使いだ。

店内のベリーラビットたちには目もくれていないので、動物などが好きじゃないのかもしれない。

ベリーラビットたちは、初めてのお客様である三人に興味津々のようだ。ぴょこぴょこ走り回り、様子を窺《うかが》っている。

もちろん先輩のルークはビーズクッションから動かない。

「あそこの奥にあるカウンターで注文と支払いをお願いします。一人一ドリンク制になってるんです。店内にいる魔物と触れ合うこともできるので、席は自由です」

「わかりました」

本当は日本の猫カフェのように時間制も考えたのだが、商業ギルドで聞いたところ、そういったシステムの店はないということだった。

貴族が高級店を貸し切りにする際、別料金がかかる程度らしい。なので、今回はこの制度を見送り、一ドリンク制にしたのだ。

三人がメニューの前まで来ると、ニーナが不思議そうな顔をした。

「このお茶と紅茶って、違うの？」

「え？　ああ……お茶は煎茶っていって、俺の故郷でよく飲まれているものなんですよ。どっちかっていうと、さっぱりした感じ？　ですかね」

「ふぅん……じゃあ、私はお茶にしてみる！　アイスでね」

（この世界はお茶が馴染《なじ》みないのか）

これはメニューに説明も加えたほうがいいかもしれないと、太一は考える。とはいえ、現状はお客さんもあまり来ないので口頭説明で問題はない。

「じゃあ、俺もお茶にしてみるか。アルルはどうする？」

「わたくしは紅茶でいいわ」

「あ、それからクッキーとチョコレートも！　やっぱり狩りのあとは甘いものも大事だよね」

「はい。飲み物はそれぞれ七〇〇チェル、お菓子は三〇〇チェルですので、合計で二七〇〇チェルですね」

料金を受け取ると、太一は「おくつろぎください」と告げて店の奥のキッチンスペースへと一度下がった。

太一が店内の奥へ行ったのを見てから、ニーナはしゃがんで近くにいるベリーラビットへ手を伸ばした。

どうにも、見られていると落ち着かないのだ。

「今までは見かけたら狩ってたけど、こうやってみると……確かに可愛いんだよね」

「魔物という点を除けば、小動物に近いからなぁ」

ニーナの言葉にグリーズも同意して、近くにいたベリーラビットを撫でた。

本当はビーズクッションで寝ているルークも気になるのだが、どうにも威圧感があって手を出しにくい。

一匹のベリーラビット――マシュマロが、しゃがんだニーナのところまでやってきて膝の上に前足をのせた。

『みみっ！』

ニーナはむにむにの肉球を感じて、思わず息を呑《の》む。

「ど、どうしようっ！　さっきは咄嗟《とっさ》に弓を向けちゃったけど……めちゃくちゃ可愛いっ!!」

自分の膝の上でふみふみしているベリーラビットを見て、ニーナは感動していた。いつも倒していた魔物なのに、こんなにも愛らしく見えるなんて――と。

グリーズのところにも、違うベリーラビットがやってきていた。それを見たグリーズの体が、小刻みに震えている。

『みーっ』

「小動物なんて、普通は俺を見ると逃げ出すのに……」

「グリーズは小心者のくせに、見た目だけはいかついもんね」

魔物はもちろんだが、動物との触れ合いもほとんどなかった。グリーズは、自分に頭を撫でさせてくれるベリーラビットに目頭がじんわりと熱くなるのを感じる。

「お前、俺のことが怖くないのか……そうか」

『みっ！』

街に帰る前のちょっとした休憩のつもりで入っただけのカフェだったが、こんな貴重な体験ができるなんて……と。

そんな二人を遠目で見ながら、アルルが「大袈裟《おおげさ》だわ」と言ってローソファへと座る。

「いいだろ、こんな経験めったにないんだから！」

「そうだよー！　アルルは興味ないの？」

「わたくしは紅茶をいただいて休めるなら、それでいいわ」

アルルは興奮している二人と違い、すまし顔だ。

ニーナとグリーズは仕方がないと苦笑して、それなら自分たちがアルルの分までベリーラビットを構おうともふもふしだす。

その様子は、とても楽しそうだ。


きゃあきゃあ盛り上がっている声を聞きながら、太一は注文を受けたドリンクとお菓子を持ってくる。

「お待たせしました」

アイスの煎茶を二つと、ホットの紅茶が一つ。

お菓子は、一つずつ包まれているお徳用のチョコレートと、市松模様が特徴のアイスボックスクッキーだ。

「わー、美味《おい》しそう！」

真っ先にお菓子を見たニーナが、目を輝かせる。

「おいおい、緑の飲み物なんて初めて見たぞ……？」

いったいどんな味がするんだろうと、グリーズがごくりと喉を鳴らす。

「…………」

アルルは二人のようにはしゃぎはしないけれど、そわそわした様子で紅茶とお菓子に視線を向けている。

テーブルに置き「どうぞ」と声をかけると、さっそく飲食タイムとなった。

「んんっ！」

アイスの煎茶を飲んだ二人が、初めての味に目を見開く。いつも飲んでいる果実水やお酒、どれとも喉ごしが違う。

「すごく飲みやすい！　最後にほんのり苦みがあるけど、それが逆に満足感になるかも!!」

こんな飲み物は初めてだと、ニーナが絶賛してくれる。

「おおっ、この菓子もめちゃくちゃ美味《うま》いぞ……!?　待て、あんなに安く提供していいのか？」

逆に心配になったのか、グリーズがそわそわしている。

「実は値段が間違ってて、桁が一つ多いとか……」

「いえいえ、大丈夫ですよ。間違ってないです」

太一が苦笑しながら伝えると、グリーズはとても驚いている。

……日本だとスーパーで売っている安いお菓子も、この世界で出したら一気に高級品の味わいになってしまうようだ。

（でも、カフェのメニューはこれでも妥協してるんだよな）

用意しようと思えば、もっと高級なお菓子やお茶だってあるのだ。

「喜んでもらえてよかったです。どうぞごゆっくりしてください」

「ああ、ありがとう」

太一は軽く会釈をして、カウンターまで下がる。

さすがに、自分とのお喋《しゃべ》りでもふもふとの触れ合い時間が減るのはもったいないだろう。リピーターになってもらうためには、もっともふもふのよさを知ってもらわなければならないのだから。

しばらくすると、一匹のベリーラビットが座っているアルルの下までとことこやってきて、その膝の上に落ち着いてしまった。

「――っ！」

まさか座っている自分の膝にのってくるとは思わなかったので、アルルは激しく動揺してしまう。

「…………」

グリーズとニーナは他のベリーラビットに夢中で、自分のことは眼中にない。

アルルはゆっくり深呼吸をして、ベリーラビットの頭を撫でる。

「わ……」

すると、ふわっとした優しいもふもふに――胸がきゅんとする。これは想像していた以上に、虜にされてしまいそうだ、と。

「ふ、ふん。誰も見ていないときなら、わたくしの膝を貸してあげてもいいですわよ！」

そう言って、もう一度ベリーラビットの頭を撫でる。

ああ、確かにこれは最高の癒しかもしれない。

こうして、ベリーラビットたちはいとも簡単に冒険者たちをもふもふの虜にしてしまった。


初日にお客として来てくれたグリーズたちを見ると、この世界では本当にもふもふとの触れ合いがないようだ。

そこで太一は考えた。

「軽食を用意して、もっと長時間のんびりしてもらえばいいんじゃないか？」

——と。

今日ももふもふカフェを開店したが、まだお客さんは来ていない。ということで、太一はキッチンで自分に何ができるだろうかと考えることにした。

以前は食堂をしていた場所なので、設備は十分。

ただ問題は……太一に料理の腕があまりない、ということだろうか。

「うーん、仕事が忙しかったせいで、飯はカップラーメンかコンビニだったからなぁ……。それか、近所の弁当屋」

自炊をする時間なんてなかったし、あるなら一分でも長く寝ていたかった。

「あ、ＴＫＧならいけるんじゃないか？　最近は専門店だってできたくらいだったし」

しかし、この世界の人たちが米に生卵をかけて食べたりするだろうか？　それによくよく考えると、太一はこの世界に来てから米を口にしていない。

「んんん？」

もしかしたら、この地域は米が主流ではないのかもしれない。

ほかに手軽に作れるものといえば、サンドイッチなどだろうか。

さすがにパンを焼いて野菜を挟むくらいであれば、太一でも問題なく作ることは可能だ。

「あ、それか買い物スキルでレトルトを購入するのもありか」

レトルトは太一が社畜時代にとてもお世話になっていたもので、美味しいパスタやカレーなど、いろいろお勧めしたいものがある。

しかしカフェの軽食といえば、オムライスやナポリタンでは？　と、考えてしまう。単に自分が好きということもあるが。

「でも、オムライスは難易度が高すぎるよな……」

とてもではないが、ふわとろ仕上げにできる気がしない。この世界にレンジがあれば冷凍食品のオムライスという手もあるが、さすがに家電はない。

「とりあえず、何かいい食材がないか明日の朝にでも街に行ってみるか……」

そして翌日、太一はルークと一緒に朝の市場へやってきた。ベリーラビットたちは店でいい子にお留守番だ。

市場は街の南西にあり、店から街の南門を抜ければ比較的すぐに行くことができる。

採れたての野菜や卵が多く並び、肉や川魚も売られている。焼き立てのパンや食べ物の屋台も出ていて、朝食をとっている人もいるみたいだ。

しかし残念ながら、米を売っている店はない。

（お米はお使いスキルを使って、神様にお願いしよう）

野菜や肉などは大量に必要というわけでもないので、毎朝ここで仕入れれば問題ないだろう。

ちょうど屋台の横を通ると、ルークから『待て』と声がかかる。ふんふん鼻を動かして、匂いのするほうを見た。

『タイチ、腹が減った。あそこで肉焼きを買おう』

「え!?　まあ、俺も減ってるし……買うか」

ということで、二本ずつ肉焼きを買ってすぐ横のベンチに座って食べることにした。

太一が一口かぶりつくと、中からじゅわあっと肉汁が溢《あふ》れ出る。とても柔らかい肉で、口の中で溶けてしまいそうだ。

「ん〜！　うまい！」

『こらタイチ！　俺にも食わせろ』

「もちろん」

　太一が肉焼きをルークの前に持っていくと、美味しそうにかぶりついた。上手に肉から串を外し、頬張《ほおば》っている。

『んむ、まあまあだな！』

「まあまあなのか……」

（普通に美味いと思うけど、ルークは美食家なのか？）

『お前が作った飯のほうが美味いからな！　またドラゴンステーキも作ってくれ』

「――！　わ、わかった」

　いつもツンツンしているルークから不意打ちのように褒められて、太一に動揺が走る。

　これは気合を入れて料理スキルを使わなければ。

（あ、どうせ魔法の鞄《かばん》があるんだから……食材をいろいろ買っておくのもありじゃないか？）

　そうすれば、材料を探して四苦八苦することも減るかもしれない。

　太一がそんな計画を立てていると、「わあ、可愛いわんちゃん！」と声をかけられた。

「こんにちは！　私はヒメリ。ねえ、この子はあなたの従魔なの？」

　そう言って話しかけてきたのは、とても可愛い女の子だった。

（高校生くらいの年齢……かな？）

ルークをもふりたそうにしている、ヒメリ。

異世界といわんばかりのピンクの髪は小さなお団子にして、リボンのヘアアクセサリーを付けている。ぱっちりとした黄色の瞳は好奇心旺盛で、太一とルークに向けられている。

水色のワンピースの上に白色のローブを着ているので、魔法系の冒険者なのだろう。

「俺はテイマーの太一。こっちは従魔で相棒のルークだ」

太一が自己紹介をすると、ヒメリは嬉しそうに笑顔を向けてくる。

「そうなんだ！　よろしくね、タイチ、ルーク。ねえ、さわってもいい？」

「ルーク、いいか？」

『……嫌だ』

（おっと……）

可愛い女の子がさわりたいと言っているのに断るとは……！　太一は軽い衝撃を受けつつも、種族が違うせいもあるかもしれないと考える。

（どっちかっていうと、フェンリルの雌にモテたほうがルークも嬉しいだろうしな）

ちなみに、太一はフェンリルの雌にもてたらめちゃくちゃ嬉しい自信がある。もふもふを堪能できて、最高だ。

太一とルークのやり取りを見ていたヒメリが、どこか不安そうな顔をする。

「もしかして、さわらないほうがよさそう？」

「あー……ルークは人にさわられるのが苦手みたいで。ごめん」

「うぅん。従魔は気難しい子もいるって、聞いたことがあるから」

残念だけどあきらめると言うヒメリに、太一はそれならばとある提案をする。

「よかったら、俺のやってるもふもふカフェに来ない？　ルークは無理だけど、ベリーラビットがいるんだ。触れ合えたら、きっと楽しいと思う」

「もふもふカフェ？」

ヒメリはぱちくりと目を見開いた。

閑話　レリームの人たち

もふもふカフェに、シャルティがやってきた。

「タイチさん、来ちゃいましたよ～！　もふもふカフェ、オープンおめでとうございます！」

シャルティはお祝いだと言って、花束を持ってきてくれた。色とりどりの花とカスミソウが組み合わせられていて、とても華やかだ。

「わ、ありがとうございます」

「いえいえ。タイチさんの担当受付ですから！」

（シャルティさんって俺の担当だったのか……）

というか、太一《たいち》はテイマーギルドでシャルティ以外の職員を見たことがない。たぶん、ここは突っ込んではいけない疑問だ。

シャルティは感心しながら店内を見る。

「でも、すごく綺麗《きれい》になってて驚きました。なんですか、この内装！　物件の引き渡しは数日前だったのに、いったいいつの間にここまで……」

どんな魔法を使ったのだと、シャルティははしゃぐ。けれど、いたるところにいるベリーラビットに目を奪われたようだ。

（詳しく突っ込まれなくてよかった……）

さすがに創造スキルが知られたらアウトなことくらい、太一にだってわかる。

「本当にベリーラビットたちが店内にいるんですね！　こんなカフェを考えるのなんて、世界広しといえタイチさんくらいですよ」

シャルティはソファに座って、近くにいるベリーラビットの頭を撫《な》でた。

「まだまだですけどね。ゆっくり頑張ってみます」

「応援してます！　何かあれば、いつでも相談してくださいね」

「ありがとうございます。そう言ってもらえると、心強いです」

この世界の常識に疎いところが多いので、いろいろと教えてくれる人が近くにいるのはとてもありがたい。

「あ、そうだ。さっぱりした煎茶というお茶と、紅茶と、コーヒーがあるんですけど……何がいいですか？」

「初めて聞くので、センチャというお茶にします！」

「はい。ご用意しますので、ゆっくりお待ちください」

「ベリーラビットたちと遊んでますね」

太一が奥へ行ったので、シャルティはベリーラビットを思う存分もふもふする。この柔らかなさわり心地は、止まらなくなってしまう。

抱き上げてみると、『みっ！』と可愛《かわい》らしい声で鳴いてくれる。

「それにしても、タイチさんは本当に不思議な人ですねぇ。ベリーラビットを一〇匹もテイムした人、初めてみましたよ」

　駆け出しのテイマーがとりあえずテイミングしてみることはあるが、弱くて戦力にならないため従魔にする人はほとんどいないのだ。

「狩る人はたくさんいるけど、守る人はいませんもんね」

『みー？』

　不思議そうにしているベリーラビットを床に下ろして、シャルティはアハハと笑う。

「従魔相手にする話じゃないですよね。まあ、お前のご主人様は変わってるっていう話です」

　だからといって、別にけなしているわけではない。

　シャルティは太一のテイマーとしての能力を評価しているし、将来はとてつもないことを成し遂げるのではないかと思っている。

「もしかしたら、レリームだけじゃなく、ほかの街や国でももふもふカフェが流行《はや》るようになっちゃうかもしれませんね」

　そんなことが起きたら、テイマーギルドに革命が起きる。

「お前たちはそんな瞬間に立ち会えるかもしれないんですよ！　すごいですね」

　そう言ってシャルティが一人盛り上がっていると、「お待たせしました」と太一が戻ってきた。

　トレイには、お茶とクッキーがのせられている。

「あれ？　クッキーは頼んでないですよ」

「お花をいただいたので、そのお礼です。よかったら食べてください」

「やった、ありがとうございます！」

ご馳走《ちそう》してくれるのならば、遠慮は無用だ。さっそくクッキーに手を伸ばし、その美味《おい》しさに舌鼓を打つ。

「ん〜、美味しいですね！」

「お気に召していただけてよかったです」

「もふもふがいて、お菓子が美味しくて……んっ、このお茶も美味しいですね！　もふもふカフェの虜《とりこ》になっちゃいそうです」

とても満足しているシャルティに、ぜひもふもふの虜になってくださいと太一は笑う。というか、いっそテイマーギルドにももふもふをたくさん導入すればいいのでは？　と。

「いつでも遊びに来てください」

「はい。ありがとうございます、タイチさん」

『みみっ』

「ベリーラビットもありがとう！」

自分の膝に上がってきたベリーラビットを見て、シャルティは満面の笑みを浮かべる。


シャルティと雑談をしつつのんびりしていると、カランとドアベルが鳴った。

「いらっしゃいませ――あ、冒険者ギルドの受付さんと防具屋の店主さん！　来てくれたんですね。ありがとうございます」

顔を出したのは、冒険者ギルドで太一の受付を担当したエミリアと、上着を買いに行った防具屋の店主だった。

「こんにちは。気になったから、来ちゃいました」

あははと笑うエミリアに、太一も笑顔を返す。

エミリアと防具屋の店主はちょうど入り口前で一緒になったようで、少しのあいだ窓から店内の様子を窺《うかが》っていたのだという。

「え、そうだったんですか？」

(全然気づかなかった……)

別に入ってきてくれていいのにと笑うと、「我慢できなくなりましたよ」とエミリアが言う。

「私ももふもふと遊んでみます！」

「わしも休憩がてら、な」

「お二人ともありがとうございます。飲み物はどうしますか？」

もふもふカフェが一ドリンク制であることを説明すると、エミリアは紅茶、店主はコーヒーを注文してくれた。

「それじゃあ用意しますので、ベリーラビットたちを撫でたりしてあげてください」

そう言って、太一は準備のためにキッチンへ向かった。

「これがもふもふカフェ……か。想像以上——ととっ！」

防具屋の店主はルークから少し離れたところにあるビーズクッションに座り、その想像以上の柔らかさに沈み込んでいる。

その様子を見て、ルークが鼻で笑っているのは見なかったことにしよう。

「魔物もそうだが、内装もすごいな。いったいどうなってるんだ？」

きょろきょろ店内を見回して、お洒落《しゃれ》すぎて落ち着かないと店主は頭をかく。

「…………」

そして目線は、のんびりビーズクッションで昼寝をしているルークへ向けられている。

ベリーラビットたちは楽しそうに駆けまわったりもしているが、ルークはまったく動こうとする気配がない。

（ふむ……これは、触れるのは無理そうだな……）

手を伸ばした瞬間、安息を邪魔するなと牙を剥《む》かれてしまいそうな気さえする。

（まあ、見ていられればそれでいい）

本当はさわりたいが、今日は我慢だ。

ルークは白金色の毛並みが大変美しく、本当にウルフキングなのだろうか？　と、店主は考えてしまう。

もっと上位の魔物だと言われても、すんなり信じることができるだろう。

（それにしても美しいな……）

いつか素材としても扱ってみたい……そんな職人魂に火がつきそうになるが、それよりもあの立派な毛並みを撫でて、もふもふしてみたいものだ。

撫でさせてもらえるほど仲良くなるには、いったいどれくらい通えばいいだろうかと……店主はそんなことを考えた。

5　あー！　お客様!!　いけません!!

「わあ、こんなところにお店ができてたなんて知らなかった！」

太一《たいち》がヒメリをもふもふカフェに招き入れると、嬉《うれ》しそうに店内を見回した。

ヒメリはさっそく寄ってきたベリーラビットを優しく撫《な》でて、破顔する。ベリーラビットは基本的に人懐《ひとなつ》っこい性格で、今のところ誰に対しても愛想がいい。

ルークは誰に対しても愛想が悪いけれど……まあ、それももふもふカフェの醍醐味《だいごみ》だ。


開店まで、まだ二時間ほど余裕がある。

ルークはすぐビーズクッションに座り、お昼寝を始めてしまった。……昼ではないけれど。

「わあ、すごい……！　ベリーラビットが一、二……え、一〇匹も!?　ルークがいるから、一一匹も従魔がいるの!?　タイチってすごいね！」

「あはは」

『み～？』

たったこれだけのことで褒められるなんて、この世界のテイマーはどれだけレベルが低いんだろうと太一は不安になる。

いや、そもそもテイマーの人口が少なすぎてあまり知られていないだけなのかもしれない。

「でも、まだ開店前なのに……お邪魔してよかったの？」

「ん？　ああ、大丈夫。のんびり経営だから。それにさ、魔物だから、撫でたいって言ってくれる人がほとんどいなくて。だから、もふもふ好きは大歓迎……あ、ごめん、別にやましいこととか考えてたわけじゃないよ!?」

太一としては、純粋なもふ仲間だと思っていただけで、やましい気持ちはない。必死に「違うよ!?」と言うと、ヒメリが笑う。

（というか、ここまで年下は守備範囲外だからな!?）

「あはは、タイチって面白いね。大丈夫だよ、私……これでも強いんだから！」

そう言って、ヒメリが短い杖《つえ》を構えてみせた。

確かに言われてみると、強そうだ。

白のローブの着こなしは様になっているし、太一よりもずっと修羅場をくぐってきているのだろうと思う。

つまりやましい感情を持っていたら、返り討ちにされていたということだ。太一はひえっと息を呑《の》む。

「ローブを着てるから、魔法使い……だよね？」

「そうよ。まあ、ひっくるめて冒険者っていうところね！」

「なるほど」

太一はテイマーなので無理だろうけれど、火の魔法なども使ってみたかったな、なんて思う。

「……っと、そういえば突然誘っちゃったけど、時間とか朝ご飯とか、大丈夫だった？」

かくいう太一も、肉焼きを食べただけだ。

「実はまだで……」

「じゃあ、簡単なものを用意するよ。ベリーラビットと一緒に待ってて」

「ありがとう！」


太一はキッチンにやってくると、さっそくスキルを使う。

本当は市場で食材を買えたらよかったが、ヒメリと知り合い、もふもふカフェへ招待したため何も買うことができなかった。

「【お買い物】っと！」

こんなときは猫の神様にお願いだ。

出てきたメモに、太一はパスタ、レトルトのミートソース、サラダ二つ、イタリアンドレッシングと書く。

しばらくすれば、買い物したものが手元にくるだろう。

その間にすることは、鍋でお湯を沸かし食器を用意しておくことだ。

「もふもふカフェに相応《ふさわ》しい食器を【創造（物理）】スキルで作っておいたからね」

バッチリだ！

ヒメリは女の子なので、食器などの感想をもらえるかもしれない。もし使いにくい点などがあれば、改善していく予定だ。

お鍋のお湯が沸くと、タイミングよく頼んでいたお使いが終わった。お金を払い材料を手にして、さっそく調理開始だ。

（っていっても、パスタを茹《ゆ》でてレトルトソースをお湯で温めるだけだけど……）

ひとまず両方鍋に入れて、しばし放置だ。

その間に、一緒に頼んでおいたサラダをお皿に移してドレッシングをかける。

「お〜、お洒落《しゃれ》な食器にサラダを盛っただけだけど……すごくカフェっぽくていいな」

次にできあがったパスタとソースを絡めて、お皿に盛れば完成だ。果実水と一緒にトレイにのせて、店内へ続くドアを開ける。

「お待たせ……って、だいぶ満喫してるね」

「あっ」

『みっ』

太一が店内に入ると、もふもふのクッションに寝転がり、ベリーラビットとボールで遊んでいるヒメリがいた。

「わ！　私ったら。だってこの子たちがすっごくもふもふで、毛色も綺麗《きれい》で……今まで魔法で倒してたのを申し訳なく思っちゃうよ〜！」

『み〜っ』

今度からは見かけても倒さないからね～と、ヒメリがベリーラビットに話しかけている。

冒険者だからどうしようもないこともあるだろうけれど、世界規模でもふもふ度が上がることはいいことなので太一は黙って頷《うなず》いた。


テーブルに食事のトレイをのせて、ヒメリを呼ぶ。

「冷めないうちに食べちゃおう。簡単なものしかないけど」

「わ、ありがとう！　パスタ大好きなの」

ヒメリがさっそく席につくと、ただよってくる濃い香りに目を見開いた。食べなくとも、その料理の深さがわかってしまう。

口に入れるのが怖いくらいだと、ヒメリは思う。

とはいえ、食べなければ始まらない。

フォークを使ってパスタをくるりと巻いて、口へ含む。すると、一瞬で濃厚なパスタソースが広がって、初めての美味《おい》しさを感じる。

「んんっ！　何このパスタ、すっごく美味しい!!」

「そう？　普通のやつだけど……」

「全然普通じゃないよ……麺はもっちりしてるし、ソースはすっごく濃厚！　タイチって、料理の腕がいいんだね」

ヒメリは細い体を震わせながら自分で抱きしめて、美味しさの波に耐える。

カフェをしてるのがもったいないくらいだと、大絶賛だ。

「ありがとう。そこまで褒めてもらえるとは思わなかった」

（俺のお気に入りのレトルトだったから、嬉しい）

ヒメリの感想を聞いて、確かにこれはすべてが日本製なので……生活水準の低いこの世界の一般人から見れば、ご馳走《ちそう》の部類に入るのかもしれないと思った。

（貴族なら、もっと美味しいの食べてたりするかな？）

まあ、貴族と関わるつもりはないので、自分がその味を確かめることはないだろうけれど。

「実はこれ、軽食メニューにしようかなって思ってるんだ」

「そうなんだ！　食器もすごく可愛《かわい》いし、絶対に大人気だよ！」

「よかった。ヒメリの意見を聞けて、ほっとしたよ」

間違いないと言ってくれるヒメリに、太一も軽食を始めても上手《うま》くいきそうだと頷く。

（あとで暇な時間にメニュー表を作り直そう）

太一がそんなことを考えていると、足元から『みっ！』とベリーラビットの鳴き声がした。

どうやらお腹が空《す》いているので、ご飯がほしいらしい。

「可愛い、私があげるね～！」

「あー、待って！　この子たちにはちゃんと餌があるから、そっちを」

「そうなの？」

いくら魔物といえど、人間と同じ食べ物はよくないかもしれない。ということで、ベリーラビットには餌としてニンジンや苺《いちご》をあげているのだ。

「用意してくるから、ちょっと待ってて」

そう言って、太一は慌ててキッチンへ向かう。

常備している苺を用意し、それを五枚のお皿に盛り付ける。トレイにのせて店内へ戻ると、ヒメリがわくわく顔で待っていた。

ベリーラビットたちも『ご飯』という単語を理解したようで、つぶらな瞳をキラキラさせて太一のことを見つめてきた。

(うわっ、そのおめめはずるい……尊い……)

可愛いベリーラビットに、太一はときめきが止まらなくなる。もふもふに見つめられてこうならない人間がいるだろうか？　否《いな》。

ヒメリは自分のところにいたベリーラビットが太一のところに行ってしまったので、「あぁ～」と残念そうに眉を下げた。

「……その苺がこの子たちのご飯？」

「うん。お腹が空いてるから、俺のほうに集まってくるね」

ベリーラビットたちはちょこちょこ太一の周りを歩いている。その顔には、『ご飯はやく』と書いてあるのがわかる。

太一は店内の中央に行き、等間隔に苺のお皿を置いていく。ここがもふもふカフェのご飯スペースだ。

横で見ていたヒメリが、「ここがご飯の場所なんだね」とひとり納得している。けれど、その余裕も今のうちだけだ。

『みっ！』

『みみみー！』

『み〜っ！』

ご飯の準備ができたものだから、ベリーラビットたちが一斉に集まってきた。ヒメリの足の間を潜《くぐ》り抜け、我先にとご飯へ向かう。

「きゃっ！」

そのあまりの速さに、ヒメリがくるりと回る。

「す、すごい。まさにご飯への執念だ……」

お皿の周りにはベリーラビットたちが集まって、それは美味しそうに苺を食べている。無我夢中だ。

『みっ！』

『みみ〜っ』

「みんな美味しそうに食べてる、可愛い〜！」

もぐもぐタイムのベリーラビットを見て、ヒメリは目がハートになっている。それには太一も頷くばかりだ。

（わかる、この光景は何度見ても飽きることがないんだよな〜）

前から一生懸命もぐもぐしている顔を見るのもいいし、後ろから可愛いお尻を堪能するのも最高でたまらない。

ベリーラビットがもぐもぐする姿を、太一とヒメリは無言で見つめ続けた。


それから数分経《た》ち、長いような、あっという間なような、幸せな時間が終わった。

「……ハッ！　いけない、気づいたらめちゃくちゃ見入っちゃってた！　びっくりした。ベリーラビットにこんなに虜《とりこ》にさせられちゃうなんて」

もふもふってすごいんだと、ヒメリが笑う。

「わかります、可愛いですから」

「そうなの！　苺を食べるためにふりふりしてるお尻がすっっごく可愛いの！　いつまでも見てられそう!!」

「めちゃくちゃわかります、それ」

この瞬間を見ることができたら、日々の社畜生活の疲れなんて吹っ飛んでしまうというものだ。

この光景は、猫カフェでも何度か見た。

もふもふがご飯を食べる姿というのは、どうしようもないくらい可愛いのだ。

（むしろ、猫たちに会っておやつをあげたいがために残業を頑張ってたんだからな！）

空になったお皿を太一が回収すると、ベリーラビットたちはささっと離れてしまった。ご飯が終わったら用済みというスタイルも、自由気ままでとてもいい。

ベリーラビットたちは満腹になり満足したからか、うつらうつらしている子が多い。おのおの、お気に入りのクッションやソファで食後の休憩をしている。

「開店前なのに、長時間いさせてくれてありがとう。今度はお客として来るから、よろしくね」

「いやいや、こっちこそ。もふもふ好き仲間ができて嬉しいよ」

気づけば店を開けるまで、もう一時間弱だ。

「ああ、そうだ。食事の代金はいくら？」

「営業中でもないから、別にいいよ。感想をもらえたのが代金、ってことで」

「そう？　ありがとう！　じゃあ……タイチが何か困ったことでもあれば、そのときにお返しするね。私、こう見えても冒険者としての腕はすごいんだから！」

「それは心強い。何かあったときには、お願いするよ」

「うん、任せて！」

この世界に来たばかりの太一にとって、こういった縁はありがたい。今後、困ったことがあったときは頼りにさせてもらおう。

(若いのにしっかりしてるなぁ)

「じゃあね！」

「ああ、気をつけて」

ヒメリを店の外まで見送り、太一は「今日も頑張りますかー！」と伸びをした。

店内に戻り、今日やることを考える。

「軽食は……とりあえず、さっきのパスタにしよう。手軽だし」

一気に複数のメニューを作ると対応が大変になりそうなので、少しずつくらいがちょうどいい。

（なんてったって、『脱ブラック！　ずっとホワイト！』だ）

「メニューを作り直さないと。【創造（物理）】っと」

太一がスキルを使うと、ドリンクとお菓子のみだったメニューに『ミートソースパスタセット』が加わった。

「あれ？　一から創造するだけかと思ってたけど、すでにあるものに手を加えたりすることもできるのか」

これは大発見だ。

簡単に店舗の改築ができるし、傷んでいる部分の修繕も容易《たやす》い。それに、失敗してもやり直せるというのがいい。

ちょっとのミスでも上司に怒鳴られていたせいか、どうにも失敗や間違いはいけないものだと思い込んでいたようだ。

これからは気軽になんでもやってみよう。

「あとは料理のストックが必要だから、それを補充しておこう。【お買い物】！」

いつものようにメモが出てきたので、それに必要なものを書き込んだ。

「よーし、順調！」

店の外の看板を『オープン』にして、今日も営業開始だ。

「……って意気込んでも、まだまだお客さんは来ないんだけどな」

結局、これまで来てくれたのは三人の冒険者パーティと、事前にもふもふカフェを開店することを伝えていたシャルティたちだけ。

つまりは赤字も赤字、大赤字だ。

「ま、最初はこんなもんだから大丈夫。一年後に黒字になったらいいな〜、くらいのつもりで頑張ろう」

今の社会は早期に実績を求めすぎだと、太一は思う。

何事も種蒔《ま》き期間は大事なのだ。

太一がすべての準備を終えて店内に入ると、ルークがビーズクッションから起き上がった。当店のナンバーワンのお目覚めだ。

「どうかしたのか？　ルーク」

『腹が減ったから、ドラゴンステーキを作れ』

「ああ、前にスキルで作ったやつか……」

くあぁぁと大きなあくびをしつつも、ルークのお腹はペコペコらしい。外見に反して、きゅるるぅと可愛らしい音が鳴った。

それを聞いた太一が思わず笑いそうになって口を押さえると、ルークに睨《にら》まれてしまった。

『孤高なるフェンリルを侮辱するつもりか!!　お前が美味しそうな匂いをさせてたのがいけないんだぞ!!』

「ああ、さっきのパスタか。確かに匂いを嗅がせちゃっただけだもんな……」

『そうだ！　早く作れ!!』

ルークがぷんすこしながら急《せ》かすが、その尻尾は揺れている。もしかしたら、ルーク的には太一を構ってやっているのかもしれない。

もしくは、ヒメリとばかり話していたのが寂しかったのかも……と考えて、さすがにそれは考えすぎかと太一は苦笑する。

「わかったよ、すぐ作るから待ってて」

材料は魔法の鞄《かばん》に入っているので、ドラゴンの肉がなくならない限りは作ることが可能。

異世界もふもふカフェは、今日も平和だ。

もふもふカフェを開店してから、一週間。

やはり郊外店ということもありお客さんはそれほど来ないけれど、レリームの街とほかの街を行き来する人や、依頼帰りの冒険者たちが寄ってくれるようになった。

カランとドアベルが鳴って、お客さんがやってきた。

「いらっしゃいませ」

「ちわっす！　お茶とパスタセット、それからモナカちゃんいる？」

「いますよ～」

やってきたのは、ここのところ連日で来てくれるようになった男性だ。商人をしていて、もふもふカフェは仕入れで街の外へ行った際に偶然見つけてくれたらしい。

そして彼のお気に入りは、ベリーラビットのモナカだ。白と黒のブチで、いつも可愛がってくれている。

『みっ！』

「ああ～、今日も可愛い!!　よーし、たくさん撫で撫でしてあげまちゅからね～」

もう、完璧にデレデレだ。

（その気持ち、よくわかる）

かくいう太一も生前に猫カフェ通いをしているときはデレデレだったし、今も毎日ルークやベリーラビットにもふもふデレデレだ。

これには誰も抗《あらが》うことができないのだ。

『み～』

「あ～その顔！　可愛いでちゅねー!!」

モナカが商人の撫で撫でにメロメロになっている間に、太一は頼まれていたお茶とミートソースパスタセットを用意する。

今のところ男性にはお茶が人気で、女性は無難に紅茶を頼むことが多い。コーヒーは苦みが独特のためか、元々飲んだことがある人以外は嫌厭《けんえん》するようだ。

(貴族とか、裕福な商人とか、そういう人ならコーヒーも好きだったりするのかな?)

いつかそんな人にもお客として来てもらい、もふもふカフェを好きになってもらいたいなと思う。そうすれば上流階級でももふもふが流行《はや》り、街の中でももふもふの需要やカフェが増えるかもしれない。そうしたら太一も幸せハッピーだ。

(ああ、だけど貴族はこんな庶民のカフェに来たりはしないか)

ヤカンで沸かしたお湯をコップに注ぎ、煎茶の粉を混ぜる。

ミートソースパスタも、一度食べるとリピートしてもらえるようになった。やっぱり、日本のレトルトは最高だ。

手際よく準備をして、お皿に盛り付ける。

「よしっと」

トレイにコップをのせて店内に戻ると、ベリーラビットが商人に群がっていた。

(お客さんは一人だけだからな)

もふもふカフェのアイドルたちを商人が独り占め状態だ。もれなく一〇匹大集合していた。

(でも、あんなに集まるなんて珍しい)

いつもであれば、何匹かは昼寝しているのにと太一は思う。寝ているのは、ビーズクッションから動かないルークだけだ。

「お待たせしました」

「おお、ありがとう！　なぜかみんなが集まってきてくれて、ちょっと尊死しそうなんですけど、どうすればいいですかね!?」

「安らかに……」

「ちょー！　パタリ」

太一の祈りの言葉を聞くと、商人は自分からパタリと倒れてしまった。あわよくば、ベリーラビットたちに群がられたいのだろう。

「にしても、どうしてこんなに？」

何か原因があるのだろうかと、太一と商人は首を傾《かし》げる。すると、モナカがとことこ商人の体を登っていった。

これは倒れた商人の作戦大成功だ。

そして胸あたりに顔をよせ、ふんふん匂いを嗅いでいる様子。

「胸ポケットに何か入れてます？」

「ん？　んーっと……あ、そういえば試作品のクッキーを入れてたな」

そう言って商人が体を起こし、胸ポケットにあった小さな袋からクッキーを取り出す。すると、ベリーラビットたちがわっとその袋へ群がった。

『み〜っ！』

『みみっ!!』

『みぃ〜』

「あわわわわっ!!」

「あー!!」

必然的に商人の体が後ろに倒れ、ベリーラビットたちに襲われてしまう。ふんふんと鼻を近づけ、食べたい食べたいと口を開ける。

「あ〜っ！　駄目です、当店はもふもふたちへの餌の持ち込みは禁止です!!」

「は、はいいいぃっ！」

商人も餌の持ち込み禁止ということは理解してくれているので、必死にクッキーを持った手を上に伸ばす。

しかししかし、ベリーラビットたちも負けじと商人の体を登って進んでいく。

「ああっ、幸せなのに素直に喜べない!!　肉球がっ！　気持ちいい……っくうぅ」

「あああ、しっかり、気を確かに持ってください!!」

『みぅ〜』

『みっ！』

なんとかして取ろうとするベリーラビットに負け、商人が後ろにひっくり返ってしまった。

「いてて、あっそうか自分で食べればいいんだ!!」

「確かに!!」

商人がクッキーを食べると、ベリーラビットたちがガガーン！　とショックの表情を浮かべた。

そんなに飢えていたのかお前たち……と、太一は苦笑する。

(ああでも、今までは野生で生きてきたんだもんな)

自由に餌を食べていたことを考えると、ご飯の時間しかないというのは中し訳ないような気がしてきた。

(こうなったら、やっぱりあれを実装するしかないか……)

太一がそう考えていると、商人の「あああぁ……」という悲痛な声が耳に届いた。見ると、餌をもらえないとわかったベリーラビットたちが離れてしまったようだ。

(あ〜、わかるその気持ち……)

猫カフェでも、あれ――『おやつ』のニャールを持っているときだけ、アイドルタイムになることができるのだ。

やはり早急に、もふもふカフェでもおやつを実装しなければいけない。

(小さなおやつと、ルークが好きそうな肉のおやつを用意しておくのもいいな)

そうすれば、誰にも見向きもしないルークと触れ合うことができるかもしれない。……もちろん、それでも不可能かもしれないが。

(ルークは俺以外には愛想のあの字もないからな……)

それはそれで優越感があっていいのだけれど、やはりもふもふ好きの同志は増えてほしいわけで。

少しだけ、太一の心も葛藤していたり、しなかったり……。


太一の経営する『もふもふカフェ』は、週休二日制だ。

今日は定休日ということもあり、ルークやベリーラビットたちと遊びつつのんびりした時間を過ごしている。

「なあなあ、ルーク」

カフェのソファに寝転がり、太一はビーズクッションでくつろいでいるルークを呼ぶ。

『ん？　なんだ』

「ルークやベリーラビットたちの待遇改善をしようと思ってるんだけど、こうしてほしいとか、そんな要望はあるか？」

『ふむ……。オレたちのために改善しようとする心意気はいいな！』

ルークがぶんぶん尻尾を振り、『重要なのは食事と運動する環境だ』と言った。

『ああ、でも勘違いするなよ』

「うん？」

『一番大事なのはこのビーズクッションだからな』

たとえ場所を移動したとしても、ルークは自分のビーズクッションを決めていてそれを持ち歩いている。何個かあるが、最初に作ったのを愛用してくれているのだ。

(そういうところがめちゃくちゃ可愛いんだよな……)

ベリーラビットたちも、それがルーク専用だとわかっているらしく使うことはない。

「環境かぁ……ベリーラビットたちも、外で運動したほうがいいかな？」

『み～？』

太一がそう問いかけると、ベリーラビットたちはソファでごろごろ転がったり室内を走り回ってみせた。

ご飯がもらえて雨風のない店内の環境をとても気に入っているのだということが、よくわかる。

(外だと冒険者に狙われたり……などの怖い経験を思い出したりするのかもしれない)

室内を気に入ってくれているならそれでいいと、太一は納得する。

「ルークは裏庭で走るか？」

『高貴なオレ様があんな狭い庭で満足するわけないだろう！　たまに狩りに連れていけ』

「えぇぇ!?　運動が狩りって……さすがフェンリルだな。でも、体を動かすのは大事だもんな。わかった、時間を作って定期的に付き合えるようにするよ」

『絶対だぞ!!』

ルークの尻尾が大きく揺れるのを通り越して、プロペラのようにぐるんぐるん回っている。太一が一緒に狩りに行ってくれると言ったのが、よほど嬉しかったみたいだ。

(このツンツンデレさんめ～！　可愛い～～!!)

太一がルークのことをもふもふ撫でると、『ふん』と鼻を鳴らす。そんな仕草も可愛くて、本当は相手にしてもらえて嬉しいくせに～！　と、言いたくなってしまう。

『オレは運動に備えて昼寝をするぞ！』

そう言って、ルークはビーズクッションでまるまってしまった。今日の夜に運動しに行くことは、決定事項のようだ。


「となると……あとは『食』か」

太一はキッチンに行き、食事事情を考える。

今は市場で買ってきた果物や野菜、肉類をあげることが多い。本当はスキルで作ったらいいのかもしれないが、なかなか材料が揃《そろ》わないのだ。

ベリーラビットたちには苺とニンジンをあげていて、ルークには肉。といいつつ、割となんでも食べてくれる。

「苺とニンジンで何か作れたらいいかもしれないな。【おやつ調理】」

《調理するには、材料が足りません。『苺』『ニンジン』『月下草《げっかそう》』『小麦粉』『卵』があれば『うさぎクッキー』を作れます》

これなんか、作れたらおやつとして販売するのにちょうどいい。

ただ、『月下草』というものが何かわからない。市場などで鑑定を使って歩いてみたけれど、それらしきものは売っていなかった。

「何か特別なものなのか……うぅむ」

そしてふと、テイマーギルドで聞いてみたらいいのではと閃《ひらめ》く。

ということで、善は急げだ。

太一は支度をし、ルークを連れてテイマーギルドへ向かった。


「あ、タイチさん!!　最近全然来てくれなかったから、心配してたんですよ！」

「すみません……」

いつもながら人のいないテイマーギルドに入ると、カウンターで暇そうにしていたシャルティが頬《ほお》を膨らませた。

「それで、今日は……いないようですね？」

「うん？」

キョロキョロと太一の周りを見ているシャルティに、首を傾げる。

「ルークならここにいますけど」

『ワウ』

太一にしかルークの言葉はわからないが、翻訳すれば『高貴なオレが目に入らないのか？　これだから人間は！』だ。

「違いますよ、新たにテイムした魔物です！　もう、ベリーラビットが一〇匹も一気に来たときは本当にびっくりしたんですからね」

「あー……」

またあの驚きを味わうのかと、警戒してしまったようだ。太一は苦笑して、シャルティの言葉に首を振る。

「違いますよ。今日は聞きたいことがあって来たんです」

「聞きたいことですか？」

「はい。月下草というものがほしいんですけど、どこで手に入るかわからなくて」

「月下草ですね」

どうやら一般的なものだったようで、シャルティは頷いてすぐに図鑑を持ってきてくれた。

パラパラとめくり、一枚のページで止まった。そこには、薄緑色の葉で白色の花の絵が描かれていた。

「これが月下草です。採取できるのは、月の出ている真夜中だけです」

「ええ、夜中……ですか」

いくらルークがいるとはいえ、魔物がいる異世界で夜中に出歩くのは怖いものがあるなと考える。

(この世界は街灯もないし)

そもそも森だし。

太一がどうしたものか悩んでいると、シャルティが「購入するなら――」と言葉を続けた。

「あ、売ってるんですか？」

「もちろんです」

（じゃあ、俺の探し方が悪かったのかな？）

売っている店は特になかったように思う。

「月下草は、魔法屋に売ってますよ。近場だと、ここから五分くらい歩いたところにあります」

「魔法屋……」

市場ばかり見ていたので、魔法系のものが売られている店は見ていなかった。というか、存在を知らなかった。

（でも、そうだよな……ここはファンタジーな異世界だ）

魔法専門店があったとしても不思議ではない。

真夜中に採取に行く羽目にならなくてよかった。それに、もしそうだったら作ったおやつの販売額をいくらにするか悩んでしまう。

「それにしても、月下草なんて何に使うんです？　ポーションを作る材料……っていう話は聞きますけど」

テイマーやカフェには使い道がなさそうだけれどと、シャルティが不思議そうにしている。

「魔物のおやつを作ろうと思って」

「ああ、タイチさんは調理スキル持ちでしたもんね。月下草が材料なんて、なかなかにいいものを食べさせていますね……」

ルークに向けられるシャルティの瞳が、なんとなく羨《うらや》ましそうだ。

(え、そんなに高いの……？)

ちょっと不安に思うけど、まずは現物を見るに限るだろう。

「ひとまず、その魔法屋に行ってみます。ありがとうございました、シャルティさん」

「はい！　いってらっしゃい！」


シャルティに教えてもらった魔法屋は、大通りにある大きな店だった。いつも市場や小さなお店ばかりだったので、もっと早く来てみればよかったと苦笑する。

(なんかこう、貴族御用達のお店かと思ってた……)

よくよく見れば、冒険者も出入りしているようだ。

「あ、でも……ルークを連れて中に入るわけにはいかないか」

『何？　オレに店の前で待ってろというのか……!?』

防具屋はよかったけれど、ここはいろいろなお客さんがいる。中には、ウルフ系の魔物が苦手な人もいるだろう。

「いや、でもなぁ……」

どうしたものかと太一は悩む。しかし、ルークをこのまま店の前に……というのも、ほかの人を驚かせてしまいそうな気がする。

一度、家に戻って一人で出直そうか……そう思った矢先、「タイチ！」と名前を呼ばれた。

「ん？　あ、ヒメリ！」

「やっほー！　魔法屋の前で、何してるの？」

「実は……」

ヒメリに事情を説明すると、「なるほどね」と頷いた。

「それなら、私がルークと一緒に待ってるよ。そうすれば、太一は買い物できるでしょ？」

「え？　それはそうだけど、悪いし……」

太一が申し訳なさそうにすると、ヒメリがゆっくり首を横に振る。

「こないだ、カフェでご馳走になったからね。これくらいのお手伝いはさせてよ」

（なるほど、この間のお礼的な感じか……）

だったら甘えてしまってもいいかと、太一は頷く。

「それじゃあ、お願いしようかな」

「うん、任せて！」

しかし問題は、ルークがそれを了承するか……という点だ。太一がちらりとルークを見ると、不服そうな顔を隠そうともしていない。

「……ルーク、買い物してくるからちょっとだけ待っててくれ！」

お願いします!!　と、手を合わせて頼み込む。

『オレをこの女と二人にさせるつもりか……！』

「や、やっぱり駄目……？　待っててくれたら、ご褒美にビーズクッションを大きくしてやるぞ！」

『なんだと!?』

太一の言葉に、ルークがくわっと目を見開いた。

『そんなに頼み込むなら仕方がない、待っていてやろう』

「おお……！　さすが高貴なルークは話がわかるな！」

『そうだろう、そうだろう!!』

太一が褒めると、ルークは誇らしげに笑う。

とりあえずルークを褒めまくり、ご機嫌状態にしておく。きっと、これで一緒に待っていてくれるヒメリも幾分かは楽なはずだ。

不機嫌なフェンリルの横は、きっと居心地が悪いだろうから……。

「じゃあ、ちょっと行ってくる！」

『早く戻るんだぞ』

「うん、ごゆっくり」

慌てる太一に、ヒメリは「大丈夫だよ！」と微笑《ほほえ》んでくれた。

魔法屋の中に入ると、冒険者やローブを着た錬金術師などで賑《にぎ》わいを見せていた。

まず目に入ったのが、いかにもという『ポーション』類だった。小瓶に入った色づいた液体に、テンションが上がる。

ほかには薬草コーナーや、魔導具類のアイテムも置かれている。

武器などの装備はないので、ファンタジー系のアイテムが売られている雑貨店と考えるのがいいだろう。

「へえ、面白い……っと、今はルークたちを待たせてるんだった」

ゆっくり商品を見るのは今度にして、薬草コーナーへ足を向ける。

そこには、太一の知っている魔力草も売られていた。

(あ、これは調理スキルに使えるからいくつか買っていこう)

これがあればルークにドラゴンステーキを作ってあげられるし、もしかしたらほかのメニューでも使える材料かもしれない。

そして大本命の月下草を発見する。

シャルティに見せてもらった通り、薄緑色の葉で白色の花が咲いている。どことなく神秘的で、確かに夜が似合いそうだ。

「問題は値段だけど……」

販売は五本を一束にしているようで、一束一万チェルだった。

(お〜、これは結構いいお値段ですね)

ただ、月下草一本でクッキーがどの程度作れるかはまだわからない。原価が四〇〇チェルくらいに収まればいいけど……と考える。

「とりあえず帰って作ってみて、それからだ」

月下草を一束と、魔力草は五束購入しておく。魔力草のほうが安く、一束で一〇〇〇チェルだった。

さくっと買い物を終わらせて店の外へ出ると、ルークとヒメリが睨みあうようなかたちになっていた。

いや、睨んでいるのはルークだけで、ヒメリは困り顔だった。

「お待たせ。ヒメリ、大丈夫だった？」

「わ、早いね！　ルークはいい子だったから、大丈夫だったよ！」

『オレをなんだと思ってるんだ！』

太一の言葉にヒメリは微笑み、ルークはふんと鼻息を荒くした。しかし尻尾が揺れているので、太一が戻ってきたことが嬉しいみたいだ。

「んじゃ、帰って早速試してみるか」

「ねえねえ、そのおやつ作り……私も一緒に見てていい？」

「もちろん」

興味深そうな様子のヒメリを連れて、店へ戻った。

さて、さっそくおやつ作りだ。

材料はすべて揃っているので、あとはスキルを使うだけ。

調理台の上には大量の苺、ニンジン、小麦粉、卵がある。そして一本の月下草。

「まずは月下草一本でどれくらいの量が作れるか確認しないと」

「いったいどんなおやつができるの？」

「それはできてからのお楽しみ、ってね！【おやつ調理】」

太一がスキルを使うと、一瞬で用意していた材料がほとんど消費されてしまった。そして代わりに、調理台の上には大量のクッキーがのっていた。

しかもありがたいことに、個別に五個ずつ袋に入っている。


猫の神様が授けてくれたテイマーのスキル、【おやつ調理】。

材料を揃えた状態でスキルを使うと、魔物のおやつを作ることができる。


「わお」

「ひゃ〜！　これはすごいね！　いったいいくつあるんだろう」

「……数えよう」

「うん！」

太一が袋を綺麗に並べ、それをヒメリが数えていく。「いち、に……」と言う声はどんどん進み、

「ななじゅう……」で止まった。

「すごいな、七〇袋も作れるのか」

月下草の値段が高いと気にしていたが、そんなのはまったく問題のないレベルだった。脳内で計算をし、材料費を出す。

(ざっくりだけど、一袋あたり四〇～五〇チェルくらいか)

これならおやつを安く販売することができそうだと、太一は胸を撫でおろす。あとは、ベリーラビットが気に入ってくれるかどうかだ。

「ヒメリ、今からベリーラビットにこのおやつをあげてみようと思うんだけど……」

「はいっ！　私あげたい!!」

すぐにヒメリが挙手をして、ぴょんぴょん跳ねた。

ということで、実食タイムです。


おやつの調理スキルで作ったクッキーは、うさぎの形をした可愛いものだった。大きさは人間で考えると一口サイズだ。

さっそくヒメリが袋から取り出し、表情を輝かせている。そして手に取って、ぱくりと一口で食べてしまった。

「うおおぉい、なに食べてるの!?」

「だって、美味しそうだったからつい……」

「いや、その気持ちはわかるけど……」

そう、うさぎクッキーは従魔用のおやつではあるのだが、人間用ですと売られていたとしても、まったく問題ない出来になっている。

もぐもぐしているヒメリは、味わいながら頷いて指を立てた。

「美味しい！」

「まじか……」

魔物用なので味は控えめだったりするのかと思っていたが、そうでもないらしい。太一も真似してうさぎクッキーを口に入れてみる。

さくっとして、香ばしさに思わず頬が緩む。

（これは自分が食べても問題ないぞ……）

材料だって、月下草を除けば普通に人間が食べれるものだ。その月下草も、ポーションの材料になるのだから体に悪いものではないだろう。

（小腹が空いたときにでも食べようかな）

そんなことを考えていると、お菓子の匂いに釣られたのかベリーラビットたちが寄ってきた。

『みっ』

『み？』

『みみ〜っ！』

「きゃっ、みんな食べたくて仕方ないみたいだね」

ヒメリがくすくす笑って、ベリーラビットたちの頭を撫でる。すると、気持ちよさそうに目を細めた。

ビーズクッションで寝ていたルークもこちらへやってきた。

『なんだ、いい匂いがするぞ！　もちろんオレの分もとっておきのがあるんだろう？』

「あ……」

しまった！　ルーク用のは作っていなかった!!　太一が慌てると、ヒメリがルークにうさぎクッキーを差し出した。

「このクッキーすごく美味しいよ、どう？」

ルークを警戒させないよう笑顔を見せるヒメリだが、ルークは『ふんっ』と鼻を鳴らして太一のところへやってきた。

『仕方ないから今はそのクッキーで我慢してやる。俺の配下が何を食べているかも、知っておく必要があるからな』

（配下って……）

と言いつつも、ルークの尻尾は今日も絶好調だ。

いつも通りの様子のルークに、太一は苦笑する。そしてふと、太一に「もしかして」というワードが浮かび上がる。

（人見知りか……？）

森の中でずっと一匹だったし、きっとそんなこともあるのだろう。だったら、太一も無理せずルークを見守ってやるだけだ。

「俺がルークにあげるから、ヒメリはベリーラビットたちにあげてもらってもいい？」

「もちろん！」

ということで、太一はうさぎクッキーを取り出してルークの口元へ持っていく。

「ニンジンと苺と月下草を使ったクッキーだよ」

『なんだ、肉は入っていないのか』

「さすがにクッキーに肉はどうかと思うけど……」

若干不服そうにしつつも、ルークは素直にうさぎクッキーを口にした。すると、耳がピン！と反応して、ピクピク動いた。

（あ、美味しかったんだ……）

人間の食べ物を美味しいと言って食べているルークなので、太一が味見して美味しかったうさぎクッキーが不味《まず》いわけがない。

『もぐもぐ……まあ、なかなかだな！』

「それはよかった」

ルークが尻尾を振りながら、『もっと食べられるぞ！』と胸を張る。早く早くとつぶらな瞳も向けられ、あげざるを得ない。

「でも、あんまり食べすぎもよくない……か？」

『そんなもの、運動すれば問題ない。オレは高貴なるフェンリルだぞ、ほかの低俗な魔物と一緒にするんじゃない！』

「はいはい」

運動に付き合う約束もしたし、本人もこう言っているから仕方がない。太一は追加のうさぎクッキーを袋から取り出した。

すると、すぐにルークが大口を開けてかぶりついてくる。

「うわっ！　ちょ、俺の手まで食べないで!!」

(食いちぎられるかと思った……！)

そんな太一たちを見つつ、ヒメリもうさぎクッキーを袋から取り出して、ベリーラビットたちに「おいでおいで～」と声をかける。

『み～っ』

『みみっ』

すぐにわあっと一〇匹全員がヒメリの周りに大集合して、口を開けて待っている。

「うぅ、可愛い……」

思わず口元を押さえ、悶絶《もんぜつ》するヒメリのライフはもうゼロだ。

「こんな可愛い子におやつをあげられるなんて、幸せだぁ」

ヒメリがうさぎクッキーを一つ手に持って差し出すと、我先にとベリーラビットたちが食いついてきた。

『みみみっ！』

『みーっ!!』

その勢いは凄《すさ》まじく、先ほどまでの可愛く大人しかった姿が嘘《うそ》のようだ。まさにこの世は弱肉強食だといわんばかり。

「はわわわわっ！」

さすがのヒメリもおやつを前にしたベリーラビットたちに驚いたようで、圧倒されてしまっている。

『み〜』

持っていたうさぎクッキーは、一瞬でなくなってしまった。

『みみ〜』

とたん、ベリーラビットたちがしょんぼりした表情を見せる。さすがに、一〇匹でうさぎクッキー一枚では全然足りない。

食べられなかったベリーラビットが、寂しそうな顔で泣いている。

「あわわ、大丈夫だよ！　ちゃんとまだあるから!!」

『みっ！』

ヒメリの言葉にベリーラビットたちが顔を輝かせ、嬉しそうな声をあげたのだった。

そして後日。

もふもふカフェのメニューに、『おやつのうさぎクッキー』三〇〇チェルが加わった。

「お、なんだこれ？」

やってきたのは常連になりつつある三人組の冒険者、グリーズ、ニーナ、アルルの三人。

いつものようにドリンクを頼み、増えたメニューに興味津々の様子だ。

「ふっふー。いいところに注目しましたね！　当店はもふもふたちへの餌やりは禁止していますが、このおやつはあげることができるんですよ！」

太一がおやつシステムを説明すると、真っ先にニーナが目を光らせた。

「はいはい！　私、おやつも一つ！」

「俺もだ！」

「わたくしは紅茶だけで結構ですわ」

ニーナとグリーズがおやつを注文し、アルルはすまし顔でいつもくつろぐソファへ行ってしまった。それを見て、ニーナが口を尖《とが》らせる。

「アルルもおやつをあげたらいいのに」

触れ合えるいい機会なのにと、ニーナは言う。けれど、アルルは「別に」と一言告げただけだ。

そんな彼女を見て、ニーナとグリーズは苦笑する。

「あんなこと言いつつも、毎回このカフェに来るの反対しないのよね」

「まあ、ここは飲み物も美味《うま》いからな」

仕方がないと言いながら、ニーナとグリーズもそれぞれベリーラビットたちとたわむれに行く。

みんな、この三人は常連ということもあってすぐに寄ってきてくれる。

（急いで飲み物とおやつを用意しないと！）

とはいっても、お湯を入れるだけというお手軽なドリンクメニューだ。

（結局、メニューもそんなに増やしてないしなぁ）

店員が太一だけということもあって、やはりこのくらいがちょうどいいのだ。増やして忙しくなったら、疲れてしまう。

ささっと飲み物とうさぎクッキーを用意していくと、待ってましたと言わんばかりにグリーズとニーナが手を出してきた。

「どうぞ。開けた瞬間、すごい勢いで来るから気をつけてくださいね」

「ん？　おう！」

（絶対にわかってないな……）

忠告も虚《むな》しく、グリーズはすぐさま袋を開ける。すると、太一の予想通り、ものすごい勢いでベリーラビットたちが突っ込んできた。

「うわあああっ！」

さすがのグリーズも驚いたようで、声をあげて後ろに下がった。しかし、ベリーラビットたちにとってはそんなことはどうでもよくて、開いた袋一直線だ。

『みみっ』

『み～っ』

美味しそうにモグモグうさぎクッキーを頬張《ほおば》って、満足そうにしている。あっという間に、グリーズのクッキーは食べつくされてしまった。

「うわ、すごい食欲……。でもよかったねグリーズ、人生最初で最後のモテ期だよ！」

「うおーい、なんてこと言うんだ！　最後じゃねえ!!」

「あはは」

まだまだこれからモテるんだと叫ぶグリーズに、ニーナは笑う。

「私は一枚ずつゆっくりあげようっと」

こっそりうさぎクッキーを取り出し、ちょいちょいとベリーラビットを釣る。

端っこにいたベリーラビット数匹だけがニーナのところへやってきたので、こちらは比較的穏やかなおやつタイムになったようだ。

そんなニーナを見て、グリーズは「奥が深いぜ、もふもふカフェ……」と呟《つぶや》くのだった。

閑話　アルルとチョコ

レリームの街の郊外に、もふもふカフェという一風変わった喫茶店ができた。

そこはテイマーの主人が従魔を置いて経営していて、もふもふしている魔物たちと触れ合うことができる。


アルルは冒険が休みの日に、一人でこっそりもふもふカフェへとやってきた。

「いらっしゃいませ！　アルルさん、また来てくれたんですね」

「ゆっくりティータイムをしようと思っただけよ」

別に、グリーズやニーナと一緒だと恥ずかしくてベリーラビットと触れ合えないから一人で来たわけではない。

アルルが他意はないのだというと、主人の太一《たいち》が笑う。

「紅茶とチョコレートをいただけるかしら」

「かしこまりました。用意しますので、どうぞおくつろぎください」

「…………」

なんだか見透かされているようで、どうにも落ち着かない。

（それにしても、今日もお客はいないのね。……わたくしとしては、ゆっくりできるから好都合だ

けれど）

アルルは小さく息をついて、この間と同じようにローソファへ腰かける。そして、鞄《かばん》から持参した本を取り出しのんびり読書を始めた。

別にベリーラビットと触れ合うために来ているわけではないので、読書をしていて全然かまわないのだ。

「………ふう」

しかしどうにも、ちょこまか走り回っているベリーラビットの存在が気になって落ち着かない。

すると、タイミングを見計らったかのように紅茶とチョコレートを持った太一がやってきた。

「お待たせしました」

「ありがとう」

まずはチョコレートを手に取り、口に含む。甘くてほろ苦いこの味が、アルルはとてもお気に入りだ。

それから、紅茶。

「この前も思ったのだけれど、これはいったいどこの茶葉を使っているの？　とてもいい香りだわ」

「えっ」

アルルの質問に、太一が困った顔になる。

（人には言えない仕入れのルートがあるのかしら？）

もしそうならば、あまりしつこく聞くのはよくないだろう。

「あー、すみません。ちょっと知り合いの伝手《つて》を使って購入してるので、お店で出す分しかないんですよ」

アルルはすぐ、軽く謝罪の言葉を口にする。

「こんなに美味《おい》しい紅茶なのだから、当然よね。ごめんなさい、困らせてしまって」

「いえいえ、気に入ってもらえてよかったです」

太一が申し訳なさそうに笑うと、ちょこちょことこげ茶のベリーラビットがやってきた。足に擦りより、慰めているようだ。

「よしよし、いい子だな」

ひょいっとベリーラビットを抱き上げると、太一がアルルの膝へと置いた。

「え……っ!? わたくしは、読書をしに来たのであって……」

決してベリーラビットと触れ合いに来たわけではない。そう言おうとしたが、太一に「大丈夫ですよ」と微笑《ほほえ》まれてしまった。

「この子はチョコっていう名前なんです」

「チョコ？ わたくしが好きなチョコレートと同じなのね」

もしかして、毛の色がこげ茶だからだろうか？

「見た目の色が似てるでしょう？」

「……そうね」

想像した通りで、アルルは思わず笑ってしまう。

その笑顔はとても可愛《かわい》くて、いつものすまし顔よりずっといいと太一は思う。

「どうぞ、ゆっくりしてください」

『み？』

「あ……」

チョコが手に擦り寄ってきて、アルルはそのもふもふの素晴らしさにどきりとする。こんなの、ずっとさわっていたいと思ってしまう。

アルルがためらっていると、いつの間にか太一がいなくなっていた。目を動かして捜すと、カウンターで別の仕事をしているようだ。

（もしかして、わたくしが見られているのを嫌うから気を使ってくれたのかしら？）

ごくりと息を呑《の》み、アルルはそっとチョコの頭を撫《な》でてあげる。ふわふわの毛が手のひらに吸いついてくるようで、心地いい。

「これが、もふもふ……」

『み～』

撫でられたのが嬉《うれ》しかったようで、ベリーラビットもご機嫌だ。アルルの指先を、ペロリと舐《な》めた。

「きゃっ！　……っ、びっくりした。くすぐったいわ、チョコ」

駄目よと優しく言ってみるが、チョコはアルルの指先を舐めるのをやめない。

なぜだろうと首を傾《かし》げ、もしかしたらチョコレートの香りがついていたからかもしれないと思いいたる。つい先ほど、食べたばかりだ。

（そういえば、ベリーラビットたちは食いしん坊なのよね……）

次の機会には、おやつのクッキーを購入してみようかしらと……そう考えて、アルルの頬《ほお》が緩んだ。

6　災害級だけどもふもふです

「いやー、導入したおやつも人気で、もふもふカフェも順調だなぁ」

『そんなことより、運動に付き合う約束だろう！』

「あ、そうだったな」

ちょうど閉店作業を終えた太一《たいち》は、ルークと一緒に運動をしに行くことにした。


そして夜の森に響く、絶叫。

「うわあああああ、速い、はやあああぁぁぁいっ!!」

いつもは小さくなっている……とはいっても一メートルほどの体長はあるのだが……ルークは本来のサイズに戻り、夜の森を駆けていた。

――太一を、その背に乗せて。

『なんだ、これくらいで音をあげるなんて情けないぞ！　付き合うと言ったのだから、ちゃんと付き合え！』

「こんなにっ、激しいとは思わなかったんにぃ～～っ!!」

さも当然というようなルークに反論しようとして、舌を噛《か》んで悶絶《もんぜつ》する。高速移動しているフェンリルの上で喋《しゃべ》るの、駄目、絶対。

(すぐにでも下りたい……っ、けど！　めちゃくちゃルークが嬉《うれ》しそう!!)

それを見てしまうと、もうやめようとはどうしても言えない。むしろ、もっとどうぞ！　よろこんで!!　と言ってしまいそうだ。

しかしそれでは自分が辛《つら》いので、どうにかスピードを落とせないかお願いしたが……まあ、テンションの高いルークには無理だろう。

『お、あそこに美味《おい》しそうなドラゴンがいるぞ。ステーキにしよう』

「はっ!?」

ルークが発見したのは、川で水を飲んでいる青いドラゴンだった。

(ひえっ、でかい！)

その大きさは三メートルほどあり、ルークよりも大きい。太一にはどちらが強いか判断はできないけれど、弱いようにも見えない。

「ま、まてまてまて、ルーク！　お前、あれを倒すつもりか？」

『美味《うま》そうだろう！』

「そうじゃない!!」

いや、確かにフェンリルであるルークから見たら美味しいご飯なのかもしれないけれど……。

最初に出会ったときもドラゴンを倒していたかもしれないけれど……。

(でもドラゴンは何度見ても怖い……！)

『ちょっと倒してくるから太一はここで待ってろ』

「あ、うん……」

安全そうな太い木の枝の上に下ろされて、太一は頷《うなず》くことしかできない。

(俺が背中に乗ったままじゃなくてよかったけど)

本当に大丈夫かな？　と、やっぱり少し心配になってしまう。いくら強いとはいえ、相手はドラゴン。絶対はない。

太一がそわそわしながら見守っていると、ルークは大きくジャンプをし、空中で一回転し——くるりと回った風圧で、その尻尾から風の刃《やいば》を繰り出した。

『受けよ、我が必殺の刃——月光の疾風斬《しっぷうざん》!!』

(とんでもない技名キター！)

一瞬もしやスキルだろうかと思った太一だったが、発動のタイミングを見るとちょっとずれているのでルークがつけた技名だろう。

今では高貴なるフェンリルだと自称するルークらしいなと、太一はなんとも微笑《ほほえ》ましい気持ちになる。ずっと見守っていてあげたい。

「つと、名前に気を取られてたけど……威力は——」

(はい？)

見た光景に、思わずぽかんとしてしまう。

青のドラゴンはスパッと首が落とされ、もうすでに息絶えていたからだ。まさか、こんなあっけなく勝負がついてしまうとは。

前のドラゴンのときといい、本当にルークは強かった。

（そんなルークをテイムした俺って、やっぱりやばい奴なんじゃ……）

しかし今さらルークとバイバイすることなんて考えられないので、太一は首を振って今のことは考えないようにする。

『タイチ！　下りてきてはやくドラゴンステーキを作ってくれ！』

ぶんぶん尻尾を振り、『早く！』とルークが急《せ》かしてくる。ついさっきあれほど格好よくドラゴンを倒したばかりだというのに、今はとても愛らしい。

「わかったわかった！」

慎重に木から下りて、太一はすぐに【ご飯調理】を使う。

魔力草は鞄《かばん》に入っているので、ドラゴンの肉と一緒に使い、あっという間にドラゴンステーキができあがった。

ルークの大好物だ。

「ほら、好きなだけ作るから、たくさん食べていいぞ」

『んむ！』

すぐに頬張《ほおば》って、美味しそうにドラゴンステーキを食べてくれる。前回と同じく、とてもいい匂いだ。

（うさぎクッキーは普通に美味しかったし、もしかして俺もドラゴンステーキを食べられるんじゃないか？）

「なあ、ルーク。ドラゴンの肉って、人間が食べても大丈夫か？」

『ん？　特に毒もないし、食べて問題ないと思うぞ。そういえば昔、人間にとってドラゴンの肉は至高の食材とか言ってた輩《やから》もいたな』

「へえ……」

それならば、かなり期待ができそうだ。

毒がないのであれば、安心安全。

味は、ルークを見ていれば美味しいのだというのはよくわかる。追加でドラゴンステーキをいくつか作り、自分とルークの前に置く。

「よーし、俺もいただきます！」

さっそくかぶりついてみると、表面のカリッとした噛み応えのあと、すぐに溢《あふ》れ出てくる肉汁が口内いっぱいに広がった。

まるでドラゴンが口の中で暴れているみたいだ。

そして肉はとても柔らかく、噛むとすぐにとろけてしまう。力強いドラゴンの外見から、こんな柔らかさをいったい誰が想像できただろうか。

「～～っ、美味い！」

太一がめいっぱい叫ぶと、すぐにルークが頷いた。

『調達したオレを褒めるんだな！』

「いや、本当にすごいよ。やっぱりルークは強いんだな。この世界で初めての相棒がルークで、本当によかったよ。もふもふカフェも付き合ってくれるし」

太一がそう言うと、ルークは照れたのか顔を背けた。

そして一言。

『あれはビーズクッションが気持ちいいから、あそこをオレの縄張りにしているだけだ！』

別にお前に付き合っているわけではないと、尻尾を振りながら説得力のない説明をしてくれた。

そんなルークを見て、また運動に付き合ってあげようと思う太一だった。


今日ものんびりもふもふカフェを営業していると、疲れた様子のヒメリがやってきた。

「うぅ、こんにちは……」

「いらっしゃいませ〜って、すごく疲れてるな」

「そうなの！　とりあえずクッキーと紅茶のホットで……」

太一が迎え入れると、ヒメリはローソファへぐったりと座り込んだ。いつもならベリーラビットをすぐに構うが、今はそんな気力もないみたいだ。

少し心配になりつつも、太一は注文の紅茶とクッキーを用意するためキッチンへ向かう。

（いつもお世話になってるし、チョコもサービスしておこうかな）

準備をして戻ると、ヒメリはソファで寝入ってしまっていた。

「一瞬で寝落ちするほど疲れてたのか……」

それなら家で休んでいればいいのにと苦笑しつつ、もふもふカフェで寝たいという気持ちも太一はよくわかる。

見ると、マシュマロがヒメリを心配そうに見つめながら膝にのっていた。隣にも、いつの間にか寄り添うようにしてカリンが寝ている。

ひとまず飲み物とお菓子は横のテーブルに置き、ベリーラビットたちが勝手に食べないようにかぶせものをしておく。

「ブランケットがあるといいよな。【創造（物理）】っと」

ほかに客がいないので、太一はささっとスキルを使う。そしてできあがったのは、ふわふわもこもこのブランケット。

最高のさわり心地で、いつまでも包まれて寝ていたいほどだ。

「幸いかはわからないけど……ほかにお客さんはいないし、ゆっくり寝てていいぞ」

そう呟《つぶや》いて、太一も店内でのんびりすることにした。


それから二時間ほどして、ヒメリが目を覚ました。

「ハッ！　え、あ……っ」

しかし起きたのはいいが、自分の膝にマシュマロがのっていて動くに動けない状況になっていた。

すごくすごく嬉しいのだけれど、至福なのだけれど、伸びをしたい……と、固まってしまった体が主張する。

あわあわしているヒメリを見て、太一がはは っと笑う。

「幸せな目覚めだな」

「タイチ！　そう、そうなんだけど……っ！」

ヒメリの膝の上で寝てしまったマシュマロに、太一が手を伸ばす。『み～？』と半分寝ぼけたような鳴き声をあげ、大人しく太一の腕に収まった。

「ありがとう。んん～っ！」

ぐぐーっと背伸びをして、ヒメリが立ちあがる。窓の外はうっすら日が落ち始めていて、オレンジの夕日が見えた。

「やだ、私ってばそんなに寝てた!?」

「二時間くらいかな」

「少しだけ休憩のつもりで来てたのに……!!」

まるで、仮眠をしたつもりが朝まで寝てしまったときの太一のような反応だ。

ヒメリはテーブルに置いてあった紅茶とお菓子を見て、「ありがとう」と手に取った。

「あ、温かいのを用意するよ」

「そんな時間はないから、大丈夫！　むしろ、冷めてて飲みやすいから!!　って、私チョコも頼んだっけ？」

「いつもお世話になってるし、疲れてそうだったからサービス」

笑いながら太一が言うと、ヒメリは満面の笑みを見せてくれる。

「ありがとう！　……っと、私、もう戻らなきゃ！　また来るね!!」

「お、おう。ありがとうございました」

慌てて出ていくヒメリに苦笑しつつ、大変な仕事でも抱え込んでいるんだろうか？　と首を傾《かし》げる。

(魔法使いだし、狩りとかそっち系かな？)

そんなことを考えていると、いつもの常連冒険者三人組がやってきた。

グリーズが少し息を切らしながら、太一を見る。

「まだやってるか？」

「いらっしゃい。あと三〇分くらいで閉店だね」

「よっし！　少しだけベリーラビットと触れ合えるな!!」

嬉しそうに肩の力を抜いたグリーズが、「いつもの！」と告げて店内へ入る。続いて、ニーナとアルルも同じように「いつもの」と告げた。

お茶が二つと、紅茶が一つだ。

「はいはーい」

太一は飲み物を出し、先ほどのヒメリの様子が気になったので冒険者のことを聞いてみた。

「冒険者って、なんか大変なことになってたりする？　さっき、知り合いの魔法使いが疲れた様子だったからさ」

「「あー……」」

どうやら心当たりがあったようで、グリーズとニーナが顔を見合わせた。

先に口を開いたのは、グリーズだ。

「実は、ここから少し行った森の中に廃墟《はいきょ》があるんだが、そこに三メートルを超えるケルベロスが出たらしい」

「へー、そうなんですか」

（フェンリルのルークがいるんだから、ケルベロスもいるだろうなぁ）

太一が、ケルベロスももふもふだろうか？　なんて考えていると、「いやいや、もっと驚くでしょ!?」とニーナからツッコミが入った。

「ケルベロスとか、災害級の魔物なのよ！　人生で一度も見ないほうが普通なのに！」

「そうだぞ！　Sランクの冒険者が何人かいて、やっと倒せるぐらいだ。なんでも、ケルベロスのくしゃみで街が一つ滅んだって話もあるんだぞ!?」

グリーズもケルベロスの恐ろしさを熱く語ってくる。

（あ、やっぱり珍しい……というか）

「災害級の魔物!?」

そいつはとんでもねえ！

Sランクの冒険者といえば、この世界でトップクラスに強い。その人たちが束にならなければ勝てないのだから、それだけでケルベルスが脅威だとわかる。

しかもそれがこの近くの森にいるというのだから。さすがの太一も焦るというものだ。

「え、それで、街に来たりはしないのか？　大丈夫？」

特にもふもふカフェは外壁の外にあるため、魔物が来たら真っ先にターゲットにされるだろう。せっかく手に入れた安住の地を、魔物に壊されたらたまったものではない。

「やっとケルベロスの恐ろしさがわかったのね。今のところは廃墟から動く様子はないから、大丈夫。……あ！　この情報は一般公開されてないから、黙っててくれる？」

「ちょ、そんな極秘情報をポロっと喋らないでくれ……」

もしケルベロスがいるという噂《うわさ》が街に広まれば、逃げ出す人たちがたくさんいるはずだ。それが起きていないということは、情報は漏れていないということになる。

（そんな重い情報いらなかった……）

「今は冒険者ギルドが情報規制をしてるけど、どこかから漏れたらレリームの街だけじゃなくて、周辺の国まで巻き込んだパニックになっちゃう！」

ケルベロスは、冒険者ギルドが人を派遣して四六時中見張っているという状況らしい。

（大変だな……。ヒメリのあの疲れようも、相手が災害級の魔物と言われれば納得できる）

「俺たちは物資を届けに行ってきただけで実際には見てないが……かなり圧を感じたな。あれは、俺たちが勝てるような相手じゃない」

「そんなに……」

グリーズの言葉に、太一は息を呑《の》む。

「ただ、ずっと放置……っていうわけにはいかないからな。今、高ランクの冒険者たちを集めてるんだ。早ければ明日、遅くても数日中には討伐隊が組まれる予定だ」

「それならちょっとは安心かな？」

魔物の脅威にさらされながら生活するというのは、心臓に悪い。グリーズの言葉にほっと胸を撫《な》でおろし、気づけばもふもふカフェも閉店の時間になった。


「って、もうこんな時間か……」

「全然癒《いや》されてないよぅ……」

ケルベロスの話をしていたため、グリーズとニーナはお茶を飲んだだけで、ベリーラビットたちとまったく触れ合っていない。

いつもの席で紅茶を飲んでいたアルルだけは、こっそり膝にベリーラビットのチョコをのせていたけれど……太一以外は気づいていない。

（ケルベロスで大変だったみたいだし……）

「よかったら、夕飯でも食べていきませんか？」

「え、いいのか!?」

「嘘《うそ》！　嬉しい!!」

すぐにグリーズとニーナの二人が食いついてきた。アルルを見ると静かに頷いてくれたので、了承と受け取る。

「俺たちがこうやって安心して生活できるのは、冒険者のみんなが魔物を倒してくれるおかげですから。そのお礼だとでも思ってください。すぐに用意しますね」

「「ありがとう～!!」」


キッチンへ行く太一を見送ったあと、グリーズとニーナは声のトーンを上げ、「おいで～！」とベリーラビットたちに声をかける。

「タイチさんがくれたこの時間、無駄にはしないぜ！」

「たくさんもふもふしなきゃ！　ああもう、今日も可愛《かわい》いベリーラビットちゃん！」

どうせならおやつも買っておけばよかったと思いつつも、さすがに閉店後にそこまでお願いするのは図々《ずうずう》しいだろうとあきらめる。

グリーズはベリーラビットの匂いをくんくん嗅いで、幸せそうにしている。

ニーナはといえば、ボールを使って遊んでいる。ベリーラビットはお利口さんなので、投げたボールを取ってくることができるのだ。

『みっ！』

「わー！　いい子、すっごくいい子！　ボール持ってこれるなんてすごいね～!!」

べた褒めだ。

「おいニーナ、こっちだって可愛いぞ！　俺の膝にのってくれた！」

「本当、いつ見てもグリーズが小動物に懐《なつ》かれてる姿って不思議……。まあ、魔物だけど」

「自慢じゃないが、ここの魔物以外に懐かれたことはないぞ！」

胸を張って言うことではないだろうと、ニーナは苦笑する。


太一が夕食を作って店内に戻ると、グリーズとニーナはベリーラビットたちに囲まれて幸せそうにしていた。

アルルは、いつものように膝にチョコをのせて優雅に紅茶を飲んでいる。

「お待たせしました」

本日のメニューは、ドラゴンステーキ、コーンポタージュスープ、サラダ、ふわふわパンだ。

野菜は市場で購入したもので、それ以外はスキルの【ご飯調理】と【お買い物】で頼んだレトルト品だ。なので、味は間違いない。

『ドラゴンの匂い！』

グリーズたちが席につくより早く、匂いを嗅いだルークが太一のもとへやってきた。もちろん、ルークの分も用意してある。

皿を渡すと、さっそく豪快にかぶりついた。もう、ドラゴンの肉に夢中だ。

『うむ、美味いな！』

大変お気に召したようで、尻尾を振りながら頬張っている。素の姿は、いつもの愛想のない姿からは想像できない。

『今日もいい出来だった！』

あっという間に平らげて、ビーズクッションへ戻ってしまった。

「ルークが餌を食べてるとこ、初めて見たな」

グリーズがそう言いながら、ドラゴンステーキを見る。

「しかしこれは美味そうだ！　いいのか、こんな豪華な夕食……」

「大丈夫ですよ」

すぐにニーナとアルルもやってきて、ドラゴンステーキの分厚さに驚いている。

いったいなんの肉？　と聞かれたけれど、それは笑顔で誤魔化しておいた。だって、ドラゴンなんて言ったら卒倒してしまうかもしれないから……。

「「「いただきます」」」

まっさきにステーキにかぶりついたのは、ニーナだ。

「っ、美味しい!!　こんなステーキ初めて食べたかも!!」

「これは美味い！」

「……見た目の豪快さからは信じられないほど柔らかくて、繊細な味だわ。それにこのパン、とてもふわふわだわ」

グリーズ、ニーナ、アルルがそれぞれ感想を言ってくれる。

「気に入ってもらえてよかった」

そういえば、こんなに賑《にぎ》やかな食事は久しぶりだ。

異世界に来てからは忙しかったし、そもそも一緒に食事をするような友人もいなかった。強いてあげるなら、ヒメリくらいだろうか。

（食事に誘ってよかった）

それから楽しく食事をして、丸一日は寝てやると言うグリーズたちを見送った。


『あの人間たちは帰ったのか？』

「ん？　三人とも帰ったよ」

太一が店内に戻ると、ルークがビーズクッションから起き上がったところだった。もしかして寂しかったのだろうかと思い、首まわりに抱きついてもふもふする。

しかしルークはあっけらかんとして、言い放った。

『よし、運動に行くぞ！』

「え、今から!?」

確かにルークが運動をするなら、目立たないようにしたいので夜になる。

「でも、近くの森の廃墟にケルベロスがいるって言ってたぞ。危険じゃないか？」

『馬鹿にしているのか！　オレがケルベロスごときに負けるわけがないだろう!!』

「え？　でも、ケルベロスは災害級の魔物だって言ってたぞ？」

『なら、その証明をしてやろうではないか!!』

——ということで、なぜかケルベロスを見に行くことになってしまった。

孤高のフェンリルである自分が、ケルベロス如《ごと》きに負けるようなことはない。そう言ったルークは、太一を連れて夜の森へ駆け出してしまった。

太一はルークの背中に乗りながら、声をあげる。

「でも、本当に大丈夫か？　ルークが怪我《けが》をするのは、嫌だからな!?」

『オレが怪我をするわけないだろう！　ケルベロスなんて、ちょちょいのちょいだ！』

大船に乗ったつもりでいればいいと笑うルークは、太一と一緒に散歩……もとい運動できることが楽しいようでご機嫌だ。

ルークの足が速いということもあり、あっという間にケルベロスのいる廃墟がある森へ到着してしまった。

どこか薄暗くて怖いと感じてしまうのは、ケルベロスがいるという前情報があるからだろうか。

鼻をふんふんさせ、ルークが『向こうだな』とケルベロスがいる方角を示す。

「わかるのか？」

『特定できるくらいには強い気配をしているからな！　相手もオレの気配を感じてるんじゃないか？』

「え、それって危険なんじゃないのか？」

ルークの言葉を聞いて、途端に不安になってくる。

もしかしたら、ルークという脅威に気づいたケルベロスが先手を仕掛けてくるんじゃないか？　なんて。

しかしルークはそんなことはまったく気にしていないようで、どんどん森の中を進んでいってしまう。

（あ、そういえば……）

「確か、冒険者がずっとケルベロスを見張ってるって言ってたぞ」

『ん？　ああ、あいつらのことか？』

「え？」

ルークの言葉を聞いて前を見ると、うっすら廃墟が見えていた。そしてその手前、木々の陰に隠れている冒険者パーティが目に入る。

（あれが見張り……ってことか）

太一は気づかれないよう、声のボリュームを落とす。

「見つかったらやばいんじゃないか？」

――しかし、ルークにとってそんなことは些細《ささい》な問題だったようだ。

『オレが格好よく活躍するのを、ちゃんと見ておくんだぞ！』

「は？　えっ？」

ふふんとどや顔になったルークに、太一は木の枝の上にのせられてしまった。ルークなりの安全確保をしてくれたのだろう。

太一は慌ててちょっと待てとストップをかけようとするが、もう遅い。ルークは大きな声で吠《ほ》え、飛び出してしまった。

（ちょおおおぉぉっ！）

すると、異変を感じたのか廃墟にいたらしいケルベロスがその姿を現した。とたん、ピリリと空気が震えた。

少し開けた場所に、蔦《つた》の絡まる朽ち果てた建物があった。

建物の底はところどころ抜けているようで、屋根を突き破るほどに成長した木が見える。レンガを積み上げられて作られた壁は崩れかけて、建物という役割を果たせるかは疑問だ。

そんな廃墟から、黒く大きな魔物が姿を見せた。

廃墟から顔を出したのは、フェンリルのルークよりも大きな黒い魔物——ケルベロス。

その体長は三メートルほどあるが、それよりも注目すべきなのは顔が三つあるという点だろうか。

漫画やゲームでよく見るモンスターが、そこにいた。

（うわ……っ）

太一はケルベロスを一目見て、本当にルークは大丈夫なのだろうかと不安になる。ドラゴンと対《たい》峙《じ》したときよりも、怖いと思ってしまったからだ。

しかし次に聞こえてきたのは、人間の悲鳴。

「うわああっ」

「くそ、どうなってるんだ!?」

「すぐギルドに報告を!!」

(あ、見張りの冒険者たち……)

そりゃあ、災害級の魔物が突然動き出したら驚きもする。しかも、ルークとの戦闘が始まってしまったのだから。

三人いた冒険者のうち、一人がギルドに連絡へ向かったようだ。そして残った二人は――気絶していた。

「え?」

太一が一瞬目を離した隙《すき》に、いったい何があったのか。そう思ったが、すぐに理由に辿《たど》り着く。

ルークとケルベロスの戦いの余波で、瓦礫《がれき》や木、石などがすごい勢いで飛んできていたのだ。どうやらそれに当たって気絶してしまったらしい。

(まあ、災害級の魔物の余波だもんな)

周囲を気にして戦いを見ていなかったが、目の前で繰り広げられている光景はまさにファンタジーだった。

ルークが吠え、それをケルベロスが受け、闇魔法を使い反撃をしていた。

ケルベロスは顔が三つあるので、それぞれが違う動きをしてくる。タイミングや位置を変えて噛みつこうとしてくるので、それを躱《かわ》すのはさすがのルークも大変そうだ。

『ガウッ！』

『ケルベロスごときが、調子に乗るんじゃない!! オレの月光の爪を受けて、その身で感じてみるがいい!!』

ルークはどや顔で決め台詞《ぜりふ》を言い、鋭い爪でケルベロスへ一撃を加える。鋭い爪に吹っ飛ばされたケルベロスは廃墟の壁にぶつかった。

『グルルル』

『ワウウ』

『ウー……』

それでもケルベロスの動きは止まらなくて、三つの首はこれでもかというほどルークを狙って鋭い牙を剥《む》く。

「ルーク……！」

太一は心配になって、声をあげる。

「あのケルベロス、ドラゴンよりも強いんじゃないか？」

もしかしたらルークの圧勝かもしれないと思っていたが、なかなかにいい勝負をしている……ような気もする。

（でも、決着がついたらどうなるんだ？）

いつものドラゴンのように、食べてしまうのだろうか。

（同じ犬カテゴリーなのに？）

しかしそれが弱肉強食と言われたら、それまでだけれど。

しかし、しかしだ。

「よく見ると、あのケルベロス……もふもふなんだよなぁ」

とてもさわり心地がよさそうなのだ。

ルークももふもふなのだから、ケルベロスだってもふもふに違いない。

だから、これは太一のちょっとした好奇心。


「……【テイミング】」


太一がスキルを使った瞬間、ケルベロスがパチパチした光に包まれた。ほかの魔物をテイミングしたときと同じだ。

（――成功、した？）

見ると、戦っていたルークが苦虫を噛み潰《つぶ》したような顔で太一のことを見ていた。戦闘を邪魔されたことか、それともケルベロスをテイムしたことが不服だったか……。

太一はあははと笑いながら、ルークのもとへ行った。

『勝手なことをするんじゃない!!』

「ごめん、思わず……」

『まったく！』

ぷんぷんルークが怒っていると、『うわーん！』という声が。何事!?　と太一とルークが振り向くと、ケルベロスがこちらに飛びかかってくるところだった。

「『えっ!?』」

テイムしたはずなのに、襲ってくるのか!?　と、身構える。けれど、太一にはあんな巨大なケルベロスから自分の身を護《まも》る術《すべ》なんてない。

ルークもテイム後にケルベロスがそんな行動をとるとは予想していなかったようで、対応が一瞬遅れてしまう。

(あ、潰される……)

太一がそう思った瞬間、ケルベロスの体がみるみるうちに——縮んだ。

三メートルを超すほどの大きな体が、太一へと飛びつこうとして空中にいる間で三〇センチほどのサイズになってしまったのだ。

「ふぁっ!?」

『きゃー』

『受け止めて～！』

『主《あるじ》さまー！』

ケルベロスの三つの首が、それぞれ喋る。

(言葉がわかる！　ってことは、テイムはちゃんと成功してるんだ!!)

太一が咄嗟《とっさ》に腕を広げると、小さくなったケルベロスがその腕へぽすんと飛び込んできた。そして感じる、柔らかでいて、艶《つや》のあるもふもふ。

(はあああぁ、天に召されてもいい……)

腕の中のケルベロスを抱きしめ、そのもふもふに感動の涙を流す。ルークもいいが、ケルベロスも最高だ。

『名前なんていうの？』

『ボクにも名前ちょうだい！』

『わーい、もう寂しくないぞ！』

「お、おう……。俺は太一だ」

『『『タイチ!!』』』

三つの首がそれぞれ語りかけてくるので、ちょっとだけ混乱する。

(これは名前は一つでいいのか？　それとも、頭ごとに必要なのか？)

と、割と本気で悩んでしまう。

しかし、何かあったときにわかりやすいほうがいいだろうと、個別に名前をつけることに決める。

「それじゃあ、左の首から……【ノール】」

『はーい！』

「真ん中の首は、【ピノ】」

『いい名前！』

「右の首は、【クロロ】」

『ありがとー！』


三匹とも嬉しそうにニコニコしてくれたので、太一はほっとする。

「それにしても、ケルベロスってこんなに小さくなるんだな！　可愛いなぁ」

『ほめられた！　ひゃっほう！』

『強いケルベロスだから、これくらいは余裕なの！』

『こっちのほうがタイチの近くにいられるから、いい！』

どうやら、ケルベロスはルークと違って太一のことが大好きで仕方がないようだ。

いや、もちろんルークもツンツンツンデレしているだけで、太一が好きだということはわかっているのだけれど……。

「あ、そうだ……その怪我をどうにかしないとだよな。ええと、【ヒーリング】」

ルークとケルベロスが戦った際の怪我だ。

『わあ、怪我が治った！　すごい!!』

『ふんっ、これくらいすぐに治るものを……』

猫の神様が授けてくれたテイマーのスキル、【ヒーリング】。

テイミングされた魔物を回復することができる。


「痛いのは嫌だろ?」

そう言って、太一はケルベロスを撫でる。

『わーい』

『なでなで嬉しい!』

『えへへぇ~』

「おー、可愛い、可愛いなぁ……」

素直なケルベロスにメロメロになった太一のライフポイントは、残りわずかだ。

ルークは太一を取られたように感じたのか、太一の服の裾を口で引っ張ってきた。

『そろそろ帰らないと、あの人間たちが起きるぞ』

「え? あ、見張りの冒険者!!」

自分がここにいたら、間違いなく面倒なことになりそうだ。そう思った太一は、冒険者たちを安全な場所へ移動させて店へ戻った。


翌日、太一が目を覚ますと——布団の中に温《ぬく》もりを感じた。

「ん……？」

『『すやすや……』』

布団をめくってみると、ケルベロスが丸まって気持ちよさそうに眠っていた。

「めちゃくちゃ可愛いんだけど……」

ルークはビーズクッションで寝るし、ベリーラビットたちはカフェスペースでみんなでくっついて寝ている。

（すごい、もふもふとともに朝を迎えるなんて……。ちょっとした感動だ）

「昨日は夜中だったから、帰宅してすぐに寝ちゃったもんな」

ケルベロスが起きたら、廃墟にいた理由を含め、たくさん話がしたいと思う。

ただ、ケルベロスが寂しいと言っていたので、一人で生きていくのが辛くなったのかもしれない……と太一は思っている。

（災害級の魔物認定をされてて、すごく珍しいみたいだしな）

群れで生活ができるならそれが一番かもしれないが、発見されたら大問題になる。きっと、ケルベロスにとっては生きづらい世の中なのだろう。

太一は手を伸ばし、ケルベロスの背中を撫でる。

安心しきった寝顔は、見ていてとても心が温まるものだ。

『んん～？』

「あ、起こしたか？」

頭一つだけが目を開けて、『くあぁ』とあくびをした。一番左の頭だから、ノールだ。

『うぅん、大丈夫だよ。タイチの手、気持ちいいね』

「それはよかった。ノールの毛ももふもふで、撫でてすごく気持ちいいぞ」

『えへへぇ』

太一が褒めると、嬉しそうに笑う。

「頭一つだけで起きてられるんだな」

『うん！　体は一つだけど、意識は別々なんだ』

「へぇ……」

なんとも興味深い体だなと思う。

「なあ、ノール。廃墟にいたけど、俺と一緒に来て大丈夫だったか？　……って、連れてきてから聞くのもあれだけど」

『大丈夫！　僕たちはどこに行っても人間に狙われるから、いつも隠れて生活してたんだ。あの廃墟に来たのも、つい最近だったから』

だから別に、生活する場所はどこでもいいのだとノールが言う。

『タイチがテイムしてくれて、お家《うち》に連れてきてくれて、すごく嬉しいよ！』

「……そっか」

（人の温もりが恋しかったんだな、きっと）

そう考えると、じんわりとしたものが込み上げてくる。

太一が心配そうにしていると、いつ起きたのかクロロが『大丈夫だよ！』と笑顔を見せる。

『人間はいつも攻撃してきたけど、ボクたちは手を出したことがないから！』

「え、そうなのか？」

『うん。タイチみたいにいい人間がいるっていう話を昔聞いたから……』

もしかしたら仲良くなれるかもしれないと、ケルベロスは思ったみたいだ。

「そうだったのか……」

(ケルベロスと出会えて、本当によかった)

ずっと人間に攻撃されながら生きてきたのに、それでもテイミングした太一という人間を慕ってくれる。それは、ケルベロスが人間を信じたいと思ってくれていたからのようだ。

ずっと大切にして、絶対に守ってやろうと太一は強く思う。

(あ〜もう！　年を取ると涙腺が緩む……)

袖で目を擦《こす》り、太一はベッドから起きる。

「朝ご飯の用意をしてくるから、もう少し寝てていいぞ」

『うん』

太一がまた背中を撫でると、ノールとクロロは再び眠りについた。それだけ疲れてたんだろう。

「とびきりの朝飯を作らないとな！」

ぐっと伸びをして、太一は洗面スペースへと向かった。

もふもふカフェでは、開店直後が魔物たちのご飯の時間になっている。そのため、最近は開店と同時に来てくれるお客さんも増えた。

とはいっても、ほとんどが常連客だけれど……。

カランとドアベルが鳴り、いつもの冒険者三人組がやってきた。

グリーズたち三人は昨日の夕方、くたくたになってここへやってきたばかりだった。夕飯を食べ、丸一日寝るぞと言いながら帰っていったのも覚えている。

「いらっしゃい……って、丸一日寝るんじゃなかったんです？」

太一が迎え入れつつ問いかけると、グリーズが疲れた表情を見せた。

「実は早朝から緊急招集があって、起こされたんだよ。そんで今まで働きっぱなしだったんだ。まあ後は帰って寝るだけなんだが、それならもぐもぐタイムを見て帰ろうと思ってさ」

「それはお疲れ様です……」

(早朝から呼び出されるなんて、それなんてうちの会社だ？)

いや、もう死んで異世界転移したから元勤め先……だろうか。どこの世界でもブラックはなくならないものだなと、太一は首を振る。

こんなときにもふもふで癒されたい気持ちもよくわかる。

「あ、そうだ。いつも来てくれてるし、よかったら餌をあげません？　ほかの人には内緒ですけど」

「本当か!?」

「やったー！」

「――!!」

グリーズ、ニーナ、アルルがそれぞれ嬉しそうな反応をしめす。アルルだけは何も言わないが、気になっているようだ。

「今日から新入りも加わったので、餌の数が増えたんですよね」

「おお、もふもふが増えるのはいいな！」

「でしょう！　おいで、ピノ、クロロ、ノール」

『『わんっ！』』

太一がケルベロスを呼ぶと、嬉しそうにこちらに駆け寄ってきた。そのまま太一に飛びついて、ほっぺをペロペロしてくる。

「「えっ！」」

それを見て驚いたのは、グリーズたち三人だ。

三人はケルベロスを構っている太一から少し離れ、聞かれないように小声で話す。

「あの犬……？　なんで顔が三つあるんだ？」

「私たちが早朝に必死で探していた突然消えたケルベロスも、首が三つあったよね……？」

「首が三つある魔物なんて、普通はいませんわよ！」

グリーズたち三人が早朝から冒険者ギルドに緊急招集されたのは、廃墟にいたケルベロスがその姿を消してしまったからだ。

大きなウルフ系統の魔物と戦闘に入ったというところまでは見張りの冒険者から連絡はあったが、戦闘途中に気を失ってしまったため結末は誰も把握していないのだ。

そのため、ケルベロスがどこかに移動していないかなどを調査していたのだ。――結果として、誰も見つけることはできなかったが。

あの強いウルフとの戦闘でやられてしまった。そういう判断しか、冒険者ギルドにはすることができなかった。

――という事情をグリーズたちは知っているため、体長が三〇センチといえど、首の三つある魔物を見て、ケルベロスでは……という結論に辿り着いてしまったのだ。

「もしかして、あそこの廃墟にいたケルベロスの子ども……とかじゃないか？」

グリーズが仮説を立てると、ニーナが「ありえる！」とさらに経緯を想像する。

「あそこの廃墟にずっとケルベロスがいたのは、きっと子どもを守ってたのよ！」

「……そう考えると、辻褄《つじつま》は合うかもしれないわね。ケルベロスは子どもを守るため、ウルフと戦い命を……ってことかしら」

「それだ！」

「それよ！」

そして偶然通りかかったかもしれないテイマーの太一が、ケルベロスの子どもだと知らずにテイミングしてしまった……ありえる話だ。

「それにしても、ケルベロスの子どもをテイムなんて……そんなことできますの？」

「うぅ〜ん。テイマーって、不遇職だとばかり思ってたけど……タイチはなんだか不思議だよね。従魔もたくさんいるし」

アルルが悩むも、ニーナは太一ならば……と思っているようだ。

「……まあ、テイムしているのであれば魔物は安全だ。可愛いし、俺たちは……何も気づかなったんだ」

「そうね。ただ首が三つある可愛いわんちゃんね」

「たとえケルベロスの子どもでも、テイムしてしまったらわたくしたちにはどうしようもないもの」

安全だ。

ということで、ヒソヒソ話は無事にまとまった。


「話し合いは終わったんですか？」

太一はグリーズたちが何か話をしている間に、朝ご飯の準備を終わらせていた。

ベリーラビットたちにはニンジンと苺《いちご》、ルークには肉盛りと野菜、そしてケルベロスには果物の盛り合わせだ。

「ああ！　すまないな、もう大丈夫だ」

「いえいえ。冒険者という仕事柄、どうしても話せないこともあるでしょうし」

気にしないでくださいと、まさか自分のことが話し合われていたとは夢にも思わない太一が微笑む。

三人にニンジンと苺の入ったお皿を渡して、もぐもぐタイムの時間だ。

「ほら、ルーク、ピノ、クロロ、ノール！　ご飯だぞ」

『やっと食事の時間か！』

まっさきにルークがやってきて、用意していた肉に美味しそうにかぶりつく。まさに豪快だ。

ケルベロスは、ゆっくり味わうように食べている。

『わー！　この林檎《りんご》美味しい～』

『この果物はなんだろう？　でも、美味しい～』

『みんなで食べるご飯って美味しいね～！』

（賑やかだなぁ）

ケルベロスが一匹増えただけなのだが、首が三つあるので賑やかさは三倍だ。

すぐ横では、グリーズたちもベリーラビットに『こっちにおいでー！』と声をかけてご飯のお皿を置いた。

すると、すでに臨戦態勢で待機していたらしくダッシュでお皿へ向かってきた。小さな口で一生懸命もぐもぐしている姿は、実に可愛らしい。


ケルベロスが増えましたが、今日ももふもふカフェは平和です。

災害級の魔物、ケルベロスが出現したことにより冒険者ギルドは慌ただしかったのだが——その存在が、姿を消した。

見張りをしていた冒険者は気絶し、ことの顛末《てんまつ》はわからないという体《てい》たらく。

「ああもう、本当にどこにもいないね。ケルベロス」

「やっぱり魔物と戦って倒されたか、傷を負ってどっかに逃げたんじゃないですか？」

「わざわざ私が見に来たっていうのに！」

ケルベロスがいた森の中、もしかしたらどこかに隠れているかもしれない。そう思って探し回ってみたがその気配はどこにもなかった。

「まあ、ギルドマスター自らが出向いて確認をしたんです。安全ということで問題ありませんね」

「……そうだね」

冒険者たちの調査結果をもとに、もう安全である旨の通達は行っている。

しかし相手はケルベロス、万一があってはいけないと冒険者ギルドのギルドマスター自らが足を運んで確認した。

まあ、結果はごらんの通りだ。

はぁ〜と、深いため息をつく。

「そろそろギルドに戻りましょう、ヒメリ様」

「うん。私は少し寄り道して帰るから、先に帰ってて」

「わかりました」

ヒメリは先に戻らせる職員を見送りながら、今日は災難だったなと近くの小石を蹴飛ばす。するとそれが、うっかり少し先にいた魔物に当たってしまった。

見ると、数匹のオーガがいる。

「あ」

適当に蹴っただけなのにと、ヒメリはうんざりした気分になる。

「これはもう、もふもふカフェでベリーラビットちゃんにおやつをあげて、もふもふを堪能して癒されるしかないっ！」

ヒメリはオーガに向けて杖《つえ》を構えて、スキルを使う。

「私に出会ったのが運のつきね！」

高ランク冒険者がパーティ単位で相手をする魔物だが、その常識はヒメリには当てはまらない。

「【サイクロン】！」

力強い言葉に反応し、ヒメリの周囲の風が舞い上がる。一本に伸びた竜巻は、凄《すさ》まじい勢いのまま三体のオーガに襲いかかった！

冒険者ギルドのマスターを務めているだけあり、ヒメリの魔法は圧倒的だ。普通の魔法使いとは、比べ物にならないほどに。

「ベリーラビットちゃんみたいに可愛かったらよかったのに……」

頬を膨らめて、ヒメリが「ちぇー」と拗《す》ねる。

その様子からは、たった今、凄まじい魔法を使ったことなんて微塵《みじん》も思わせない。

「さてと、街に戻ろっと！」

オーガは竜巻にえぐられ、跡形もなく消えていた。


ヒメリがもふもふカフェの扉を開くと、「いらっしゃいませ～」といつものように太一が明るい声で挨拶をしてくれる。

「こんにちは！」

「あ、ヒメリか。忙しいのは大丈夫なのか？」

ケルベロスが消失してイラついていた心には、のほほんと気遣ってくれる太一の声が心地いい。

「もう大丈夫！　今日はベリーラビットを堪能して――」

いっぱい癒される、そう言葉を続けようとしたのだが、ヒメリはフリーズした。

「どうかしたか？　あ、その子は新入りのピノ、クロロ、ノールだよ。仲良くしてやってくれよな」

太一はそう言ってピノ、クロロ、ノールの三つの首がある黒いもふもふを抱き上げた。

『わんっ』

『わうっ』

『わふっ』

顔は三つ、体は一つ、そんな魔物は――ケルベロスしかいない。

「あ、そうだ。何飲む？」

「…………紅茶。ホットで」

「はいよ」

固まってしまったヒメリを不思議に思いつつも、太一は飲み物を準備するため奥へ行った。

「はー……」

ヒメリは大きく息を吸って、足元にいる三つ首の魔物へ視線を向ける。

「なによ、どう見てもケルベロスじゃない！」

森の中をくまなく歩いていろいろ確認した苦労が、すべて水の泡となったような気がした。だって、先にもふもふカフェに来ていればすべて解決したのだから。

「でも、開店時間前だったもんね」

どちらにせよ過ぎてしまったことを言っても遅い。

ヒメリは脱力しながら、三つ首の犬――ケルベロスの前へとしゃがみ込む。

目の前にいるのは狂暴なケルベロスではなく、テイムされた従魔だ。そっと手を伸ばしてケルベロスの頭を撫でると、嬉しそうにヒメリの手へ擦り寄ってきた。

黒い毛はふわふわのもふもふで、とたんにヒメリの表情がとろける。

「うわ、うわあぁ、もふもふ気持ちいい！」

ベリーラビットもよかったけれど、ケルベロスはそれ以上にふわもこだ。これは虜《とりこ》になる人間が続出するだろう。

しかも体長が三〇センチと小さいので、大きかったときの凶悪さもない。むしろ、つぶらな瞳が可愛くて、庇護《ひご》欲をそそられてしまう。

「テイムされた魔物にはその大きさを変えられる個体もいるって聞いたけど……この目で見る日がくるなんて」

かなり高ランクの魔物でなければ無理なのだが、ケルベロスであればできて当然だろう。

ケルベロスをもふもふしながら、ヒメリは改めて太一という人間が何者なのかを考える。

普通に考えて、一介の冒険者が災害級の魔物をテイムするなんて不可能だ。それこそ、世界最高クラスの実力がなければ。

そこらへんにいるベリーラビットとは、格が違うのだ。運よくラッキーでテイミングが成功する相手ではない。

とはいえ、太一がしていることといえばのんびりしたもふもふカフェの経営。

話をした限り、何かを企《たくら》むような様子もない。

「本当に、何者なのかしら」

ヒメリはそう口にするも……もふもふカフェがなくなってしまっては大変だ。

太一が困りそうになったら、少しくらいなら嫌いな権力を使って裏から手を回してもいいかも

……なんて考えた。

閑話　ダイエット大作戦？

「はあ〜、困った」

もふもふカフェでクッキーを食べながら、ニーナがそんなことを呟《つぶや》いた。

今日は冒険の帰り道で、グリーズとアルルは楽しそうに過ごしている。けれど、ニーナだけが少し曇り顔だ。

太一《たいち》は不思議に思いながら、ニーナに声をかける。

「どうしたんですか？　ため息なんてついて」

「タイチさん！　ちょっと聞いて!!」

「は、はいっ」

落ち込んでいるのかと思いきや、ニーナは食い気味で太一に返事をする。こんなの、頷《うなず》く以外の選択肢はない……。

「このクッキーよ！　あとチョコレート！」

「……何か問題でもありました？」

ニーナはいつも美味《おい》しいと言って食べてくれるのだがと、首を傾《かし》げる。

別に不良品というわけでもないし、賞味期限が過ぎているということもない。保管状態だって、問題はないはずだ。

「美味しくないですか？」

もしや味覚でも変わったのだろうか。

（そういえば風邪を引くと味覚が変わることもあるよな……）

もしかしたら体調不良かもしれな――

「もふもふカフェのお菓子が美味しすぎて、太っちゃったの!!」

「はっ？　えっ!?」

（ええええええええっ）

そんなことを言われても、太一はどう反応をするのが正解なのかわからない。同意しても否定しても、正しい未来が想像できない。

どう返事をすべきか悩んでいると、ベリーラビットが一匹ニーナの膝へのってきた。

『みぅ！』

どうやら遊んでほしいようだ。

その様子を見て、太一はむむむと考える。

「……それなら、裏庭でベリーラビットと遊びます？　営業時間外でもよければ、店の裏庭で運動できると思い――」

「本当!?」

太一が「思います」と言う前に、ニーナが目をくわっと見開いて食いついてきた。よほどベリーラビットたちと遊んで運動したいのだろう。

（いや、俺にもわかる……もふもふと外で遊ぶって、いいよな……）

「ベリーラビットと一緒に痩せる会ね！　頑張りましょう、タイチさん!!」

ということで、急遽《きゅうきょ》ベリーラビットたちと遊んで痩せようの会が開かれることになった。

（……俺は別に太ったりしてないんだけどなぁ……）

🐾 🐾 🐾 🐾

翌日。

ニーナはベリーラビットたちと遊ぶことが楽しみすぎて、あまり眠れなかった。

けれど足取りはいつも以上に軽くて、スキップをしながら開店前のもふもふカフェへとやってきた。

「おっはよー！」

「あ、おはようございます。ニーナさん」

太一はすでにベリーラビットたちと裏庭にいて、ボール遊びをしているところだった。

「今日はありがとうございます！　頑張って走りますね!!」

でも、その前に。

「はああぁ、今日もベリーラビットちゃんたちが可愛《かわい》いよぅ」

幸せだー！　と、ニーナは声をあげる。

「あはは、喜んでもらえてよかったです。思いっきり遊んでもらえたらいいんですけど、中には運動をあまりしたくない子もいるみたいで」

「そうなの？　すばしっこくて、狩るのに苦労することもあるのに」

自分が駆け出しのころ、ベリーラビットを狩ったことを思い出す。

「……でも、もふもふカフェの生活が快適すぎるからかも。安心できるから、もう敵から逃げる心配をしなくなったのかもしれないね」

「ここは平和ですからね」

それならばいいんだけどと、太一が言う。

「とはいえ、ちょっとは運動してもらわないと。ベリーラビットたち、今から投げるボールを取ってきてくれ！」

そう言って、太一がボールを投げた。

『みっ！』

『みみーっ！』

『みう〜〜！』

すると、ベリーラビットたちが一斉にボールに向かって走り出した。どうやら、主人の掛け声があったので動いてくれたようだ。

（うわあ、テイマーってすごい！）

テイマーのことを不遇職だと思っていたニーナだったが、太一を見ると毎回その考えを改めさせられる。

「よーっし、私もベリーラビットたちとボールを取るよ！　負けないんだから！」

ニーナも太一が投げたボールを取りに走るが、さすがは瞬発力のあるベリーラビット。あっけなく狙ったボールを取られてしまった。

その様子を見た太一が、「投げる側じゃないんですか!?」と笑う。

「だって、ダイエットだよ!?　走らないと痩せないでしょう？」

「ああ、そういう……」

定位置からボールを投げるだけでは、確かにダイエット効果は薄いかもしれない。むしろ、腕が鍛えられるだけだろう。

（私が気になってるのは……お腹!!）

ニーナの装備はお腹部分が出ているため、どうしてもぽっこりだけは回避したいのだ。そんな姿で、外を歩きたくない。

（大丈夫、ベリーラビットたちと一緒なら頑張れる!!）

「よーし、どんどんボール投げてください！」

『みっ！』

「わかりました、いきますよー！」

太一が笑いながら、どんどんボールを投げてくれる。それをベリーラビットたちと奪い合い、楽しく運動をした。

後日。

「やったー！　痩せたよタイチさん!!　ありがとうございました!!　ということで、今日はお祝いにクッキーとチョコレート両方お願いします！」

「…………はい」

それじゃあまた太ってしまうのでは？　そう思った太一だったが、口にすることはできなかった。

7 急募！ 短期アルバイトさん

今日は週に二回のもふもふカフェの定休日。

久しぶりに朝寝坊をしようかな、なんて思いベッドの中でぬくぬくしていたら――『飯の時間だぞ！』とルークにのしかかられてしまった。

「重い……」

『ふん』

さらに足元を見ると、潜り込んできていたケルベロスがいた。

（うわぁ、俺ってばモテモテもふもふだ……幸せ）

この重みなら、いくらでも耐えられそうだとにんまりする。そんな余韻のようなものに浸っていると、ルークからご飯を催促される。

起きなければいけないようだ。

「わかったわかった、すぐ準備するよ」

換気のために部屋の窓を開けて、太一《たいち》は店舗のキッチンへと向かった。

朝食を済ませケルベロスやベリーラビットをもふもふし、さて今日はどうしようかと考える。店の改善点などを検討するのもいいかもしれないが、それは休日にすることではない。

ルークを見ると、ビーズクッションで気持ちよさそうに昼寝をしている。その周囲には数匹のベリーラビットも寄り添っており、仲良しだ。

「この世界に来てそこそこ経《た》つけど、まだまだ知らないことが多いんだよな」

家兼カフェでもふもふするのもいいが、街をぶらついてみるのもいいだろう。

「あ、テイマーギルドに顔を出すのもありか？」

この世界のことはもちろんなのだが、太一はテイマーのこともそこまで理解しているわけではない。

魔物をテイムし、自分の従魔にすることができる。というくらいだろうか。

ということで、今日は情報収集することに決定だ。

「あ、タイチさん。いらっしゃい」

「こんにちは」

テイマーギルドへ行くと、シャルティが迎えてくれた。今日もほかにテイマーらしき人の姿はなく、閑散としている。

（ここまで人がいないとか、テイマーって大丈夫なのかな……）

心配になりつつ、太一はもっとテイマーのことを知りたくて来たのだとシャルティに説明する。

「タイチさんってあんなに従魔がたくさんいて、すごいのに……なんでこうも知らないことが多いんですかね？」

「あはは……。遠い田舎から来たからね」

太一の言葉にシャルティは笑いながらも、「それなら～」と一冊の本を持ってきてくれた。

「これって……魔物図鑑？」

「そうですよ。現在棲息《せいそく》が確認されている魔物が載っている図鑑ですね。ちなみにそれは一巻です」

「へぇ」

ざっと見たところ、三〇〇ページほどはあるだろうか。見ごたえのありそうな図鑑で、しかも一巻ということは二巻以降もあるということだ。

（全部見るには時間がかかりそうだな……）

そう思いつつも、太一はパラパラと図鑑をめくっていく。

図鑑には丁寧に魔物の絵が描かれていて、だいたいの体長や強さのランク、どんな攻撃を仕掛けてくるかなどの特徴も説明されている。

まさに冒険者向けの本だ。

「お、棲息地も書いてある」

魔物は特定の場所に棲息するものと、条件が揃《そろ》っていればどこにでも棲息するものの二種類にわけられる。

加えるならば、ケルベロスのように棲息地がまったくわからない魔物もいる。

たとえばベリーラビットなら、棲息地は草原。

アイスウルフなどは、特定の雪山にしか棲息しないのでその場所が書かれている。

新たなもふもふはいないかな～と、魔物のイラストだけを見ていく。

「おー、ウルフ系の魔物は何種類もいるんだな」

これはそれぞれもふもふしてみたいものだと、太一は頷《うなず》きながら図鑑を見る。すると、シャルティが笑いながら覗《のぞ》き込んできた。

「本当にもふもふが好きですね～」

「あのさわり心地は最高ですからね。まさにこの世の楽園はここにあった！　っていう感じで」

こればかりは、いくら語っても語りつくせない。

甘えてくる子もいいし、すまして近寄ってこない子も魅力的だ。

「ウルフ系のもふもふを制覇するものよさそ……えっ!?」

すっかりウルフに意識がいっていた太一だったが、あるページに目が釘付《くぎづ》けになった。

「こ、これって……」

「ん？」

驚く太一を見て、シャルティはいったいどうしたのかと首を傾《かし》げる。図鑑のそのページに載っているのは、別になんてことない普通の魔物だったからだ。

けれど、太一にとってはそうではない。

「――猫!!」

叫ばずにはいられなかった。

「ああ、フォレストキャットですね」

「フォレストキャット!!」

「めちゃくちゃくいつきますね……。強い魔物ではないので、好んでテイムする人はいないんですが……まあ、タイチさんですし」

弱いベリーラビットを一〇匹もテイムしている時点で愚問だろうと、シャルティは苦笑する。

「ここから内陸に行った、隣の国の森の中が棲息地なんですよ」

「隣国!!」

(それなら割と簡単に行けそうだ!)

図鑑で見るフォレストキャットは、猫に近い外見だ。

変わっているところは、頭や尻尾などに葉が付いているということだろうか。簡単に言うと、森の猫だ。

「テイムしに行きたいんですけど、ここからだとどれくらいかかりますか?」

「タイチさんが好きそうな魔物ではありますけど……。ここからだと、乗合馬車を使って片道一ヶ月くらいでしょうか」

「一ヶ月……」

思ったより長旅だなと、太一は悩む。

(飛行機か新幹線でもあればいいんだけど……)

異世界なので、そうもいかない。

(あ、ルークに背中に乗せてもらったらもっと早く着くんじゃないか?)

これは名案だと、太一はぽんと手を叩《たた》く。

「その顔は……行くみたいですね」

「あ、わかりました?」

「さすがにわかりますよ。フォレストキャットは見た目も可愛《かわい》いですし、タイチさんのカフェにはいいかもしれないですね」

シャルティは「それなら~」と言いながら地図を出してくれた。

「もし地図がないようでしたら、これを差し上げますよ。あまり細かいものではないんですが、テイマーギルドで配布しているものです」

「ありがとうございます」

地図には村や街、大きな森や湖などが描かれていた。他国との境界も引かれているので、十分だ。

「各地の名称は、街と目立った山や森くらいですね。必要であれば行った先で聞くといいですよ」

「わかりました」

(よーし、とりあえずルークに相談だ！)


「ルーク、ルーク!!」

『気持ちよく寝ていたのに、なんだっていうんだ』

太一が名前を呼びながら家に戻ると、不機嫌そうなことを言いつつ、自分に一番に声をかけてもらえたことが嬉《うれ》しくて尻尾を振るルークがいた。

それを見てにやにやしたいが、言ったらルークに怒られてしまうのでお口はチャックだ。

「実は、隣の国に行きたいんだよ」

『隣？　アーゼルン王国だったか』

「知ってるのか？」

太一が話を聞くためルークの横に座ると、膝の上にケルベルスがのってきた。どうやら一緒に話を聞くようだ。

ただならぬ空気を察したのか、ベリーラビットたちも大集合して太一の周りがもふもふだらけになる。

(ここは天国なのか……？)

『何しに行くの？』

膝にのったクロロが不思議そうに問いかけてきたので、太一はよくぞ聞いてくれましたと口を開く。

「隣の国――そのアーゼルン王国の森にいる、フォレストキャットをテイムしようと思うんだ」

『仲間が増えるの？』

ぱっと嬉しそうにしたのは、寂しがり屋のノールだ。

（よかった、嫌じゃなさそうだ）

そのことにほっとして、太一は話を続ける。

「それで、馬車で行くと一ヶ月くらいかかるっていうんだ」

『一ヶ月？　ふん、人間に媚《こび》を売る馬はやはり遅いな！　オレのように崇高なフェンリルにかかれば、あっという間だ！』

「ルークはすごいな」

馬の扱いがひどいけどと思いながらも太一がルークを褒めると、『そうだろう！』と誇らしげにしている。

『タイチがどうしてもと言うなら、背中に乗せてってやらんこともないぞ!!』

ルークを煽《おだ》ててアーゼルン王国に連れていってもらおうと思っていたが、自分から行くと言い出してくれた。

しょうがないなぁと言っている風なのに、尻尾がめちゃくちゃ揺れているのが最高に可愛い。

太一がルークを見てにまにましていると、『なんだ……』とジト目を向けられてしまう。

「えっ！　いや、ルークが連れてってくれるって言うからさ。嬉しくて！」

『そ、そうか？　ふふんっ』

喜んでもらえたことが嬉しかったのか、ルークの頰《ほお》もわずかに緩む。

すると、自分だけ頼りにされなかったからかクロロが『ボクも行きたい！』と声をあげた。

『ボクの背中に乗っていいよ！』

『おい、これはオレとタイチの話だぞ！』

『えぇ〜！』

勝手に話に加わるなとルークが言うと、三つの顔が不満そうに頰を膨らませる。

『お前はオレに負けたんだから、従うのは当然だろう！』

『ぐぬぬ〜！』

『これはひどい正論!!』

『お留守番なんて寂しい……』

（弱肉強食か）

ルークはケルベロスに戦いで勝ったので、上下関係ができあがっているようだ。とはいえ、決着がつく前に太一がケルベロスをテイミングしてしまったけれど。

太一はどうしたものかと思いつつ、ケルベロスを見る。

（連れてってやりたいのはやまやまなんだけど……）

そうなると、ベリーラビットたちだけで留守番をさせることになってしまう。それはきっと、よろしくない。

（ピノとクロロとノールがいれば、ベリーラビットたちをまとめ上げてくれると思うんだよな）

そのため、留守番をしておいてほしいというのが太一の考えだ。

全員で行けたらいいが、さすがにそんな大移動は難しい。帰りは可愛い猫ちゃん……フォレストキャットも増える予定なのだ。

「ピノ、クロロ、ノール、お前たちにはここでベリーラビットたちを見ていてほしいんだ。俺とルークのいない間だから、お前にしか頼めなくて」

『えっ！』

『ボクたちにしか……？』

『たのめないの!?』

ケルベロスは太一に頼られたのが嬉しかったようで、目をキラキラしながら尻尾を振る。ちぎれてしまうのではと心配してしまうほどの勢いで、太一が思わず手で触れる。

『ふふー、もふもふでしょ？』

「とっても!!」

笑うピノに、太一は力いっぱい頷く。もっとさわっていいよとばかりに尻尾を振ってくるので、もふもふする手が止まらない。

これはやばい……。

（はぁ～すきぃぃぃ～～）

もうこのままもふもふに埋もれて死んでしまいたい……。そんな衝動に駆られていると、ルークの尻尾がべしんと太一の顔面にヒットした。

『デレデレしてるんじゃない！　だらしないぞ!!』

「あっハイッ……」

太一は反射的にきゅっと唇を引きしめて、正座する。

『お前も留守を任されたくらいで、はしゃぐんじゃない！　それくらいできないでどうする！』

『わわわっ、ちゃんと留守番をします！』

『お任せを!!』

『頑張るよ！』

ルークが喝を入れると、ケルベロスが背筋を伸ばしてしゃんと座る。まるで訓練された軍隊みたいだ。

しかしそれも、もふもふが言っていると可愛くて仕方がない。

『ふん、わかっているならそれでいい！　いいか、オレとタイチが留守にしている間、この家を守るんだぞ！』

『『『ラジャー！』』』

二匹の間で話が進んでしまったが、さすがにケルベロスには餌の用意は難しい。長期間になるので、水と食べ物を日数分置いておくこともできない。

（……短期間だけのバイトって、雇ったりできるのかな？）

ということで、太一はさっそくアルバイトの雇用条件などを考える。

時給制？　それとも日給制？　しかしよくよく考えると、自分がいない日をまるっと頼むので日給制がいいだろう。

もふもふカフェは、この世界ではほかにない。

太一の従魔ではあるが、もふもふ——魔物の世話をしてもらわなければいけない。それを考えると、バイト料は高めに設定したほうがいいだろう。

「店にアルバイト募集の貼り紙をするか、それともギルドに相談するか……」

どっちがいいのだろうと首を傾げる。

(でも、この世界のことはそこまで詳しくないから……)

一度、商業ギルドで確認をしたほうがいいだろう。


「従業員を増やす際の規定、ですか？」

「はい」

商業ギルドに足を運ぶと、職員が説明をしてくれた。

「特にこれといった規定はありませんよ。従業員の数によって、当ギルドとの契約などが変わることもありません」

「そうなんですね」

「はい。従業員を増やす方法は――」


商業ギルドで斡旋《あっせん》してもらう。その際は仲介料が必要になるが、身元のしっかりしている人を紹介してもらえる。

次に、ほかのギルドで斡旋してもらう、もしくは依頼する。

これは、短期間の護衛などを雇うときに利用されるのだという。もちろん、仲介料が必要になる。

そして自分で募集をするという方法。

太一が店に貼り紙をしようとしていたのが、これにあたる。

この場合は仲介料などは発生しないが、どんな人間が来るかわからないため見極めるための目が必要になってくる。


それから、一般的な給与はいくらくらいなのかも教えてもらう。

「カフェですと、一日のお給料がだいたい一万チェル弱といったところでしょうか」

「なるほど……。わかりました、ありがとうございます」

「いいえ。何かありましたらいつでもいらしてください」

ひとまず、わからなかったことは知ることができた。

商業ギルドを出て、さあどうしようかと考えながら街を歩く。

(手っ取り早いのは、商業ギルドに仲介してもらうことだよな)

身元が信用できるという点は、まだ異世界に不慣れな太一にとってもありがたい。ただ、魔物の世話という仕事内容も含まれることが懸念材料でもある。

怖がられてしまうかもしれないし、魔物だからと雑に扱われたらと思うとどうにも頼みづらい。

しばらく店でアルバイト募集の貼り紙をするのがいいかもしれない。

「うん、そうしよう。うちの店を気に入ってくれて、常連になってくれた人だっているんだ。そういう人のほうが、こっちも安心できるし」

そうと決まれば、帰ってすぐに貼り紙をしよう！

「あ、タイチだ！　こんにちは」

ふいに名前を呼ばれ、太一は歩き出そうとしていた足を止める。後ろを振り返ると、そこにいたのはヒメリだ。

「お、偶然だな」

「うん。タイチこそ珍しいね」

「ちょっと商業ギルドに用があったんだ。短期で従業員を雇おうと思って、その相談に」

太一の言葉を聞き、ヒメリは「えっ！」と声をあげる。

「従業員を募集するの？　私やりたーい！　ベリーラビットたちとずっと一緒にいられるもん！」

「えっ」

今度は太一が声をあげる。

(申し出は嬉しいけど……ヒメリじゃちょっと若すぎるような)

そんな心配が太一の頭に浮かぶ。

別にヒメリがしっかりしていないとか、そういうわけではない。太一がいる時間のアルバイトならいいけれど、一人だけに任せるとなると、責任なども伴ってくる。

悩んでいる太一を見て、今度はヒメリが首を傾げる。

「私じゃ駄目?」

ヒメリとしては、自分は魔物であるもふもふのことも大好きだし、餌のやり方なども知っている。カフェにも通っているため、ほかのお客さんとも顔見知りになっているとも思っている。

割と逸材なはずなんだけれど……と。

「駄目も何も、ヒメリはまだ子どもだろう?」

「え……そんな理由?」

「そんなって……大事だろ?」

太一がそう言うと、ヒメリは盛大にため息をついた。どうやら、子どもだからという理由は受け入れてもらえないようだ。

どうするか考えていると、ヒメリが近くにある小さな店を指さした。

「花屋?」

販売のスペースしかない狭い室内で、ほかに部屋がないことは外から見てもすぐにわかる。

中には、一五歳くらいの女の子が一人でお店に立っていた。どうやら、一人ですべての対応をしているみたいだ。

「別に私くらいの年齢だって、一人でお店を回すのは珍しくないよ？　そりゃあ、すごく広い……っていうと難しいかもしれないけど。タイチのお店なら、そこまで仕事量も多くないでしょ？」

「うーんむ……」

ヒメリの言う通り、そこまで仕事量が多くはない。飲食メニューは用意してある出来合いのお菓子に、インスタントの飲み物。

もふもふたちのおやつだって、もう作って梱包《こんぽう》をしてある。

一番大変なのは、もふもふたちのお世話だろうか。しかしそれは、ヒメリならば任せても問題ないと太一は思う。

（一番の問題児ルークは俺と一緒に行くもんな）

ケルベロスは人懐《ひとなつ》っこいので、ヒメリとも上手《うま》くやってくれるだろう。会話ができないのは残念だけど、ヒメリならきっとケルベロスの意思を汲《く》み取ってくれるに違いない。

「……なら、お願いしようかな。説明は店でするけど、時間はある？」

「うん！　お願いします！」

ということで、説明をするためもふもふカフェへ。

「ただいまー」

『『おかえりー!!』』

太一がカフェのドアを開けると、ものすごい勢いでケルベロスが飛びついてきた。よしよし頭を撫《な》でると、とても嬉しそうな笑顔を見せてくれる。

ルークは安定のビーズクッションでお昼寝中だ。

続いて、ベリーラビットたちもわらわら太一の周りにやってきた。

「私も従業員になったら、こんな幸せ体験ができちゃう……!?」

ごくりと、ヒメリが唾を飲んだ。


飲み物を用意して、まずはヒメリに今回の経緯を簡単に説明する。

「新しいもふもふをテイムしに、ちょっと出かけたいんだ。たぶん、帰ってくるまでに遅く見積もって二五日くらいかな」

「何をテイムしに?」

「ふっふっふ~よくぞ聞いてくれました!」

今回のテイムは、重大な任務だ。なんといっても、このもふもふカフェに猫様をお招きできるまたとないチャンスなのだから。

「新しく仲間に加わる予定なのは、フォレストキャット!」

「……!　確かにもふもふしてるかも」

サイズも二〇～六〇センチと小さいので、抱っこをしたり一緒に遊んだりすることも可能だろう。フォレストキャットをもふもふの対象として考えたことはなかったけれど、確かにもふもふカフェには合っている。

「え、でも……待って」

「ん？」

「私の短期バイトは、二五日でいいんだよね？」

念のためにと、ヒメリが確認する。

「ああ。余裕をもってその日程にしてるから、もう少し早く帰ってくるかもしれないけど、それより帰りが遅くなることはないと思う」

「…………わかった！」

地味に気になる間《ま》がありつつも、ヒメリはすぐに了承してくれた。

「フォレストキャットを倒したことはあるけど、撫でたりしたことはないから……楽しみ！」

「テイムできて一緒に帰ってきたら、ぜひたくさん撫でてくれ！」

あんなに可愛い猫様が狩り対象だなんて、切なすぎるぞこの世界……！　いや、襲ってくるのだから仕方がないけれど……。

「それじゃあ、ヒメリに仕事を覚えてもらったら出発するよ。ヒメリの都合のいい日程を教えてもらっていい？」

さすがに二五日間は長いので、すぐに何日後からお願いします、というわけにもいかない。

そのため確認をしてみたのだが——

「私はいつでも大丈夫だよ！　なんてったって、自由な冒険者だからね」

「おー、頼もしいな」

（受ける依頼を毎回その日に決める感じなのかな？）

安定を得るためには大変な職業かもしれないが、自由にできるという点はいいことだと太一は頷く。

「それなら、ヒメリが仕事を一通りこなせるようになったらにしよう。もちろん、その間もバイト料は——あ」

「ん？」

うっかりしていたと、太一は頭を抱える。

「一番肝心な給料の話をしてなかったからさ。ごめん、一番に伝えることだったよな」

しかもお金関係は、相手もなかなか聞きにくいものがあるだろう。もっと注意していればよかったと思いつつ、給料の説明をする。

まずは勤務時間の確認をする。

「一一時開店で、一七時に閉店。準備と片付けがあるから、一〇時半に来てもらって、一七時半ごろに終わり……っていう感じかな」

「うん、大丈夫だと思うよ」

今はお客さんもそんなにいないので、暇なときに昼食をとってもらうというスタイルだ。

店内にはケルベロスがいるので、人がいないときは後ろに下がっていても問題はない。

(誰か来たらドアベルの音でわかるからな)

「一日のうち何時間か働く場合は、一時間で二〇〇〇チェルの給料が発生する。丸一日の場合は一万五〇〇〇チェルでどうかな？」

フルで働くとなると大変なので、休憩も含め日給を少しだけ上げた。

「え、高すぎじゃない？　普通は一〇〇〇チェルももらえたら十分だと思うけど」

「いや……大事な従魔のお世話だってしてもらうんだから、これくらいは払うよ。その代わり、ちゃんと見てね」

「それはもちろん！　みんな大好きだから、しっかりお世話するね」

ということで、給料などが無事に決まった。


ヒメリがまずは見習いという形でお店に出てくれることになった。仕事を覚えてもらったら、太一はルークとともに隣の国へ出発だ。

「あ、そうだ……エプロンが必要だよな」

もふもふカフェの勤務に制服はないが、エプロンは必要だ。もふもふカフェのロゴが入った、深緑色のエプロンを作る。

「ヒメリの分と、予備もあったほうがいいか。【創造（物理）】っと！」

予備を合わせて五枚ほど作ったところで、ヒメリがやってきた。


「おはよう、今日からよろしくね」

「うん、おはよう。こちらこそよろしくね！　もふもふに囲まれて仕事ができるなんて、幸せだ～！」

ヒメリが嬉しそうで何よりだ。

太一は頷きながら、今しがた作ったエプロンを渡す。

「仕事中は、これをつけてね」

「わ！　可愛いー！　これで私ももふもふカフェの従業員だね！　頑張らなきゃ」

わらわら集まってきたベリーラビットを抱き上げて、「今日からヒメリも一緒だからな」と言い聞かせる。

『みっ！』

『『はーい！』』

ケルベロスはちゃんと言葉を理解しているので、いい返事だ。

ヒメリは魔物たちが嬉しそうに擦り寄ってきているのを見て、感極まっているようだ。

頑張らなきゃと、気合を入れている。

「じゃあ、ざっとカフェの仕事を説明するよ」

「はい！」

まず朝一にすることは、従魔たちの健康チェックだ。

話しかけて、具合が悪そうにしていたりしないか様子を見る。

「どんな風にすればいいの？」

「これといって、絶対にすることっていうのはないんだ。撫でたり抱っこしたりして、様子を見るだけ」

『みっ』

太一がベリーラビットを撫でてやると、嬉しそうに鳴いた。

「もし具合が悪かったら、ぐったりしてたりするだろ？　そういうことがなければ大丈夫かな」

「なるほど！　それに魔物は強いから、弱ることなんてめったにないもんね」

ヒメリも太一と同じように、「元気ですか～？」と言いながらベリーラビットたちを撫でていく。

ベリーラビットも気持ちがいいらしく、嬉しそうだ。

「うん、異常はないみたいね！」

「それじゃあ、次は体を洗ってあげようか。みんなついておいで」

太一はベリーラビットをはじめ、ルークとケルベロスにも声をかける。全員で外へ出て、お風呂タイムだ。

突然のことに、ヒメリはとても驚いている。

「匂いとか、そういうのが気になっちゃうからね。基本は月に一回と、あとは汚れがどうしても気になるときかな」

「なるほど」

「月一だからヒメリが一人のときに洗うことはないけど、もし汚れたりしたときのためにね。たとえば、毛にフンがついたり、飲み物がかかっちゃったときとか」

どういった場合にシャンプーが必要か説明し、太一はカフェを出て裏庭へ行く。

そこにあるのは、お風呂がある小屋だ。

「へえ、お店の裏はこうなってたんだ」

「そうそう。ここなら運動もできるし、なかなかいいだろ？」

しかし実際のところは、裏庭で運動することはほとんどないけれど……。

ベリーラビットはあまり運動が必要ないらしくカフェでのんびりしているし、ルークにいたっては運動レベルが桁違いだ。

ケルベロスは運動するより太一やベリーラビットと遊ぶほうが好きらしく、やっぱりカフェにいることのほうが多い。

（きっといつか、使ってくれるもふもふが現れるはずだ……）

ドアを開けて脱衣所へ。

「ここにタオルとかあるから、自由に使って」

「うん。でも、てっきり井戸か何かで洗うと思ってたんだけど……」

どういうこと？　と、ヒメリが首を傾げる。

「ああ、ここはお風呂なんだ」

そう言って太一が浴室のドアを開けると、ヒメリは目を見開いて驚いた。人間用の浴槽と、従魔用の浅い浴槽が並んでいたからだ。

「え、なにここお風呂があるの!?　しかも、従魔の分まで!!」

信じられないと声をあげ、ヒメリは浴室内をガン見している。

「こんな立派なの、なかなか用意できるもんじゃないのに……」

「ヒメリ？」

ぼそりとヒメリが何かを呟《つぶや》いたが、声が小さくて太一の耳まで届かなかった。

「あ、うぅん！　すごいなって思っただけ」

「そっか。……ここの蛇口をひねるとお湯が出るから、溜《た》まったらお風呂だな」

「え？　お湯が出るの？　井戸から汲んでくるんじゃなくて？」

「あ、うん。あーっと……」

ヒメリの反応に、お風呂は井戸から汲んでくるものなのかと焦る。

「俺の故郷の特殊な技法を使って作ったんだ！　ただ、もう部品がないから増やすことはできないんだけど」

「そ、そうなんだ……」

日本のお風呂と仕組みは同じだから問題ないだろう。これ以上は話すと墓穴を掘りそうなので、ここまでだ。

お湯が溜まってくると、ルークが『頃合いか……』と言って風呂へ飛び込んだ。従魔用の浅いほうではなく、太一が入る人間用に。

ルークは大きいので、従魔用だと浅くて物足りないのだ。

しかもお風呂の気持ちよさを初日に覚えてしまったため、太一が入る際は必ずと言っていいほど一緒に入ってくる。

つまり、ほぼ毎日風呂に入っている。

「ルークは偉いんだね、一人で入れて」

「ほかの従魔も入れるよ。ほら、みんなもお風呂に入って」

『みっ』

『み〜！』

『はーい！』

『気持ちい〜』

『タイチは入らないの？』

太一のかけ声を聞き、全員がお風呂へ入った。

「わ、偉い！」

「うん。体を洗ってあげるのは、俺たちの役目だね」

「……頑張る！」

石鹸《せっけん》を手に取り、ベリーラビットたちを洗っていく。お風呂が気持ちいいということもあり、みんな大人しく体を洗わせてくれる。

（はあ、幸せ……楽しい）

「うわっ！」

「ヒメリ？」

太一が鼻の下を伸ばしそうになりながら洗っていると、ヒメリが驚きの声をあげた。

見ると、お湯に濡《ぬ》れて体の細くなってしまったケルベロスが……。

『ボクの美しい毛がぺたんこ～』

「ああ、そうなんだよ。普段は毛でもふもふしてるから、洗うとちょっと驚くよな」

「……っ！」

よほどびっくりしたのか、涙目になりながら頷いている。

「お風呂から出て乾かしてやれば元通りになるから、大丈夫」

「そ、そうよね。うん、残りも頑張る！」


そして洗い終わり、お風呂から上がってタオルで従魔たちを拭いていく。

手際よく拭く太一を見て、ヒメリが少し考える素振りを見せつつも……ベリーラビットたちに向かって魔法を使った。

「乾かすなら、魔法のほうが便利かも。【ウィンド】！」

すると、暖かい風が吹いて濡れた毛が一瞬で乾いてしまった。

「おおー！　すごい!!　さすが魔法使いだ」

「えへへ」

役に立てたのが嬉しかったようで、ヒメリが満面の笑みを見せる。

（いいなぁ、俺はテイマースキルしか使えないから……羨《うらや》ましい）

もし今後正式に従業員を雇うことがあるなら、魔法使いがいいな……なんて思う太一だった。

そしてヒメリは順調にもふもふカフェの仕事を覚え、あっという間に一人で任せられるほどに成長してしまった。


ルークと一緒に移動するということもあり、アーゼルン王国への出発は夜になった。昼間だと、誰かに目撃されて大騒ぎになってしまうかもしれないからだ。

夜風が肌寒いけれど、ルークのもふもふがあれば暖かい。

「それじゃあ行くか。留守番を頼むな、みんな。明日の朝にはヒメリが来るから、いい子にしててくれよ」

『オッケー！』

『まかせなよ！』

『いい子にできるよ』

『『『みー！』』』

太一がケルベロスとベリーラビットたちに声をかけると、全員が元気いっぱい返事をしてくれた。

『お客さんが来たら、遊んであげればいいんでしょ？』

「まあ……そういうことになるな」

もふもふ側からすれば、確かにこっちは遊んであげる側だ。ケルベロスたちにしてみればそれも楽しそうなので、いいのだろうが。

（そうだよな、俺も猫カフェに通ってたころは猫様たちに遊んでもらっていたんだ……）

といいつつも、相手にされないことも多々あったけれど。

そう考えると、ケルベロスは神対応だと言える。

（隣国のお土産をたくさん買ってきてやろう……）

きっと喜んでくれるはずだ。

太一はケルベロスをたくさん撫でて、「いい子いい子〜」ともふもふを堪能する。

すると、それを見たルークが太一を睨《にら》んだ。その目には、ケルベロスばかりもふもふしているんじゃない！　とでも書いてあるようだ。

『行くんだろう、早くしろ！』

「わかってるって！」

ルークに急《せ》かされてしまい、太一は鞄《かばん》を肩にかけてその上から上着を羽織る。これで準備完了だ。

魔法の鞄のおかげで荷物が少なく、とても快適な旅になりそうだ。日本で旅行をすることはほとんどなかったが、出張のときはいつもキャリーケースだった。

『みーっ』

心配してくれているのか、ベリーラビットたちが太一に擦り寄ってきた。

自分の足の周りがもふもふで埋め尽くされて、ここは天国だろうかと思ってしまう。

そして帰ってきた暁には、ここに猫——フォレストキャットも加わるかと思うと、どうしようもなく顔がだらしなくなる。

『…………』

「な、なんだよルーク」

『お前がひどくだらしのない顔をしているからだろうが！』

ぷんっと怒ったルークが、顔を背けた。

（そんなにだらしない顔は……確かにしてたかもしれない）

太一は自分の頬に手を当てて、だらしのない顔を元に戻そうとしてみる。……が、もふもふに囲まれているのですぐにだらしのない顔になる。

もうこれはどうしようもない。

その様子を見ていたルークは、呆《あき》れ顔だ。

もふもふの尻尾で、太一の足をぺちぺち叩く。

『まったく』

「あはは……。仕方ないだろ、俺はお前たちみんなが大好きなんだからさ」

『……ふんっ』

太一が素直に告げると、ルークがそっぽを向いてしまう。尻尾は動いているので、好きだと言われた照れ隠しのようだ。

「よし、それじゃあ行きますか」

『ああ』

『『いってらっしゃい！』』

『『みーっ！』』

「『行ってきます！』」


もふもふカフェは街の郊外にあるとはいえ、周囲に何もないわけではない。そのため、少しだけ歩いた先でルークは本来の大きさに戻る。

一メートルから二メートルになった。その分もふもふも増量されていて、やはり大きい元の姿も最高だと太一は思う。

『ほら、さっさと乗れ。朝日が昇る前くらいに、街の近くまで行きたいんだろう？』

「それがいいかな。ルークは目立つから、目をつけられても困るし」

一メートルのルークを連れているだけでも、街中ではとても注目される。それなのに、二メートルのルークに乗って移動しているところを見られたら……どうなることか。

（絶対、ルークのことをほしがる奴が出てくるはずだ）

そんなのは駄目だ、許されない。

「お前のことは俺が守るからな、ルーク！」

そう言ってぎゅううーっとルークの首元に抱きつくと、『何を言ってるんだ』とため息をつかれてしまった。

『オレより弱いだろう……』

「……おっしゃる通りです」

呆れたルークはもう一度ため息をついて、太一をくわえて自分の背中へと乗せた。

『お前はオレに守られてろ』

そう言い、ルークは地面をぐっと蹴り上げ駆けだした。満天の夜空の下を飛ぶように走る姿は、まさに――


（イケメンだ……）


いつもはあんなにツンツンしているというのに。

「さすがは俺の相棒、頼りになるな」

そう言って太一が笑うと、ルークも嬉しそうに笑った。

さあ、フォレストキャットを求め隣国へ出発だ。

閑話　太一のいないもふもふカフェ

今日はグリーズが一人、るんるん気分でもふもふカフェへ向かっている。

ニーナとアルルは、商人の娘さんの護衛任務に行っている最中だ。女性限定の依頼だったため、グリーズが留守番となった。

(でも、もふもふカフェに来られたからラッキーだ！)

勢いよく店のドアを開けると、カランとベルが鳴った。


「あ、いらっしゃいませ！」

「こんにちは！　――って、そうか。タイチは今日から隣国に向けて出発だったたか」

「そうだよ！」

出迎えたのがヒメリだけだったので首を傾《かし》げたグリーズだったが、すぐに状況を把握する。

グリーズとヒメリは、彼女がバイトをしている間に何度か顔を合わせた。それくらいなのだが、同じ冒険者ということもあって気は合う。

「冷たいお茶を頼むわ」

「はーい、お待ちくださいね」

ひとまずいつもの飲み物を注文して、グリーズはソファへ腰かける。

店内を見回すと、ルークとルーク愛用のビーズクッションがなくなっていたので思わず笑ってしまった。

(そこまでお気に入りだったのか、あのビーズクッション)

グリーズが笑っていると、『み?』とベリーラビットとケルベロスがやってきた。どうやら遊んでほしいようで、ケルベロスはボールをくわえている。

『わう』

「おおおぉぉ、遊びたいのか、いいぞいいぞ！　しかもボールをくわえてくるなんて、賢いなぁ」

自分のいかつい顔が原因で小動物に懐《なつ》かれないグリーズは、まったく怯《おび》えずに近寄ってきてくれるケルベロスやベリーラビットたちが可愛《かわい》くて仕方がないのだ。

(後でおやつも買わないとだな！)

『わんっ！』

ケルベロスからボールを受け取ったグリーズは、それを軽く投げる。すぐにケルベロスが拾いに行くので、それを何度か繰り返す。

ボールをくわえて戻ってくるケルベロスがなんともいじらしくて、グリーズはたまらなくなり床をバンバン叩《たた》く。

「よーし、もいっちょ投げるぞ！　三つだ!!」

ケルベルスの首が三つなので、投げるボールの数も三つだ。

嬉《うれ》しそうに尻尾を振っている姿は何度見ても愛らしいので、いつまでだってボールを投げていたいと思う。

「ああ〜幸せだ〜〜」

鼻の下を伸ばしながらボールを投げていると、すぐ横のテーブルにお茶が置かれた。

「お待たせしました」

「お、ありがとう！　美味《うま》いんだよな、これ！」

グリーズはボールを投げる合間にお茶を飲み、「最高だ！」と満足げに笑みを浮かべる。

「そういえば、一人で開店してどうだ？」

「ん〜、カフェの仕事自体は普通ですね」

「まあ、飲み物を用意してお菓子を出すくらいだもんな。普通の飲食店よりは楽か」

強いて挙げるなら魔物のお世話が大変そうだけど、ヒメリがここの魔物たちを大好きなことはグリーズだって知っている。

何の問題もないはずだ。

そう思っていたのだが、ヒメリはなんともいえない微妙な顔をしている。

「なんか問題でもあったのか？」

「……うん。仕事はいいんだけど、なんていうか、そう、道具がすごいの」

「道具？」

いったいなんのことかわからずに、グリーズは首を傾げる。

「道具だけじゃなくて、食器類も」

「ああ、そういえばここの皿やコップは質がいいな」

なるほどそれを見て驚いているのかと、グリーズは納得する。

(食器なんか、店で買ったらいくらするか……予想もつかないぜ)

自分のお茶が入ったコップを持ち、落として割ったりしたら大変だなと考える。蓋《ふた》も付いているので、特注品かもしれない。気をつけよう。

「あ、そういえばタイチの帰りはいつなんだ？」

「……遅くても二五日後だって」

「ふーん…………？」

会話のネタにと思い聞いたのだが、グリーズはヒメリが何を言っているかわからずに首を傾げる。

「ごめん、よく聞き取れなかった。いつ帰ってくるんだ？」

「二五日後」

「……そうか」

どうやら自分の聞き間違えではなかったようだ。

(俺が行ったときは、馬車で片道一ヶ月くらいかかったぞ？)

もしやずっと早馬で駆けているのだろうか？　と、グリーズの頭の中は大混乱だ。

ちらりと視線でヒメリを見ると、首を振られてしまった。どうやらこれは、突っ込んで聞いていい内容ではないらしい。

「テイマーって、すごいんだな……」

「というより、タイチが規格外なんだと思う」

そう言ったヒメリは遠い目をしているので、何かほかにも太一《たいち》のすごいところを思い出しているようだ。

（……ありすぎて困るな）

「タイチほどのテイマーになれば不可能はないんだろう……きっと」

まあ、何かあってももふもふカフェのために見なかったことにするだけだ。そう思いながら、グリーズはお茶を飲みほした。

『ふー、ボール遊び楽しかった！』

『喉乾いた！』

『お水飲もう～』

グリーズと遊んであげたケルベロスは、店内に設置されている自動給水機から水を飲む。いつでも新鮮なお水が用意されているので、お気に入りだ。

『でも、やっぱりタイチがいないと寂しいねぇ』

『お出かけしてるんだから、仕方ないよ……』

『ボクはヒメリも好きだよ～！』

『『好き！』』

ケルベロスはヒメリのことも大好きなようだ。

なので、太一がいない間はヒメリにもいっぱい遊んでもらおうと思っている。ご飯も用意してくれるし、いつもニコニコしていて可愛いし、なんだかお母さんみたいだ。

『でも、夜はすごく寂しいなぁ』

そう言ったのは、寂しがり屋のノールだ。

昼間はヒメリやお客さんがいるけれど、いつも太一と一緒に寝ていたので、どうにも寂しさが増してしまう。

『それわかる！』

すぐにピノが頷《うなず》いて、『今夜はどうしよう？』と言う。

『ベリーラビットたちと一緒に寝るっていうのは？』

『『それいい！』』

クロロの提案に、ピノとノールがすぐに賛同した。

ベリーラビットたちはカフェ店内で固まって寝ているので、そこに紛れ込んで寝たらきっと寂しくないだろう。

『一緒にいたら、何かあったときにベリーラビットたちを守ってあげられるしね！』

『うんうん！』

『先輩を守るのは、後輩の役目だもんね！』

もふもふカフェに先にいたということもあり、ケルベロスはベリーラビットたちのことをとても慕っている。

『み？』

自分たちの話をしているということがわかったからか、ベリーラビットのマシュマロがケルベロスのもとへとやってきた。

『今日から一緒に寝るから、よろしくね！』

『み〜！』

ピノがそう言うと、マシュマロは『大歓迎！』と言うように頷いた。ベリーラビットたちのリーダーであるマシュマロに許可を取れれば、問題はない。

『ふふふん、楽しみ』

ケルベロスがご機嫌になると、店内にグリーズの声が響いた。


「おやつをもらってもいいか？」


『『『おやつ!!』』』

『みみっ!?』

その一言には、ケルベロスもベリーラビットも反応せざるを得ない。

ベリーラビットたちのおやつとして作られたうさぎクッキーだが、美味《おい》しいのでケルベロスも大好きなのだ。

『食べたい！』

『さっき遊んであげたから、きっともらえるはずだ!!』

『早く行かなきゃっ！』

ケルベロスはダッシュして、グリーズのもとへ行く。そのまま体当たりするように足にじゃれて、キラキラした瞳でグリーズを見上げる。

「うおっ、可愛いな!!」

ケルベロスの行動に、グリーズはデレデレだ。

『みー！』

『みみっ』

『み～』

しかしベリーラビットたちも負けておらず、全員でグリーズの足元に群がっておやつほしいアピールをする。

「くう、もう死んでも悔いはない……」

「いやいや、死なないでよ……」

冷静に突っ込みを入れつつ、ヒメリが用意したおやつをグリーズに渡す。

すると、それを見たもふもふ全員が一気に臨戦態勢になる。もう先輩だの後輩だの言っている余裕なんて、これっぽっちもない。

『よーし、絶対におやつを食べるぞ！』

『これは譲れない戦い！』

『おー！』

ケルベロスとベリーラビットたちの可愛さに、グリーズは指を一本立ててヒメリを見る。

「もう一つおやつをくれ……」

この数だと、おやつ一袋では行き渡らないと判断したようだ。

ヒメリは苦笑しつつも、あげたいというその気持ちはわかるのですぐ了承し、もう一つおやつを用意してグリーズに渡した。

「サンキュ。よーし、お前らにおやつをあげるぞ〜！」

『『『わんっ』』』

すぐにケルベロスが喜んで食べ、ベリーラビットたちも美味しそうに食べる。

「はあ……やっぱりここは楽園だ」

にやにやとだらしない顔を押さえながら、グリーズは至福の時間を堪能した。

異世界もふもふカフェ

MFブックス

異世界もふもふカフェ ～テイマー、もふもふフェンリルと出会う～ 1

2020年6月25日　初版第一刷発行

著者　ぷにちゃん
発行者　三坂泰二
発行　株式会社KADOKAWA
〒102-8177　東京都千代田区富士見2-13-3
0570-002-001（ナビダイヤル）
印刷・製本　株式会社廣済堂
ISBN 978-4-04-064795-1 C0093

企画　株式会社フロンティアワークス
担当編集　福島瑠衣子（株式会社フロンティアワークス）
ブックデザイン　鈴木 勉（BELL'S GRAPHICS）
デザインフォーマット　ragtime
イラスト　Tobi

本シリーズは「小説家になろう」（https://syosetu.com/）初出の作品を加筆の上書籍化したものです。

この作品はフィクションです。実在の人物・団体・事件・地名・名称等とは一切関係ありません。

【健康】チートでダメージ無効の俺、
辺境を開拓しながら
のんびりスローライフする
元ニート、
チートスキルで
【健康】になる！
Story
社畜だったコウタは不慮の事故で死んでしまう。コウタは心身の【健康】と穏やかな暮らしを女神に願い相棒のカラスと異世界で目覚めた。元ニートが剣と魔法の世界の片隅を、【健康】でのんびり開拓する物語、開幕！
坂東太郎
ill. 鉄人桃子
MFブックス新シリーズ発売中!!
MFブックス